小冰期与莎士比亚戏剧研究

张 军 著

吉林大学出版社

·长春·

图书在版编目(CIP)数据

小冰期与莎士比亚戏剧研究／张军著. -- 长春：
吉林大学出版社，2020.9
ISBN 978-7-5692-7052-5

Ⅰ.①小… Ⅱ.①张… Ⅲ.①莎士比亚(
Shakespeare，William 1564-1616)-戏剧文学-文学研究
Ⅳ.①I561.073

中国版本图书馆 CIP 数据核字(2020)第 178409 号

书　　名　**小冰期与莎士比亚戏剧研究**
　　　　　XIAOBINGQI YU SHASHIBIYA XIJU YANJIU

作　　者　张军　著
策划编辑　黄国彬
责任编辑　张文涛
责任校对　宋睿文
装帧设计　重庆创未教育信息咨询服务公司
出版发行　吉林大学出版社
社　　址　长春市人民大街 4059 号
邮政编码　130021
发行电话　0431-89580028/29/21
网　　址　http://www.jlup.com.cn
电子邮箱　jdcbs@jlu.edu.cn
印　　刷　北京一鑫印务有限责任公司
开　　本　787mm×1092mm　　1/16
印　　张　8.5
字　　数　130 千字
版　　次　2020 年 9 月　第 1 版
印　　次　2020 年 9 月　第 1 次
书　　号　ISBN 978-7-5692-7052-5
定　　价　49.80 元

印　　数：1000

目　录

绪 论

第一节 气候学术语与莎士比亚关怀

人世间的万事万物,都是在特定的时空背景之下产生并发展起来的,文学亦是如此。忽视地理生态空间的考察,对文学的认识往往会存在一定的片面性,许多精彩内容、形式和特征也就无法完整地呈现出来了。本书试图借助生态气候学中的小冰期理论,基于社会、历史与文化语境,描绘出一套清晰可辨且完整全面的莎士比亚戏剧"生态基因"谱系图。

小冰期最初是个历史气候学术语,指大约公元 14 世纪到 19 世纪之间,地球遭受长达五百年持续寒冷袭击的这一自然现象。[1] 1939 年,美国地质学家及冰川气候学家 F.E.马瑟斯(F.E.Matthes)首先提出小冰期(Little Ice Age)这个概念,随即引起学界的广泛关注。瑞士科学家 C.普菲斯特(C.Pfister)进一步提出了小冰期巅峰阶段说,把时间限定在 1570 年和 1630 年之间,并称之为"格林德瓦波动"(Grindel-wald Fluctuation)。[2] 另有学者研究发现,在 1590 年至 1610 年这二十年间,全球范围内包括欧亚大陆在内的广袤地区同期出现了一个极寒期。[3] 在小冰期漫长的寒冷阶段,适宜耕作的海拔高度下降,冰川不断扩大推进,使得可耕地面积大为减少。在 15 世纪与 18 世纪之间,英格兰的平均气温比今天大约要低 2 华氏度左右。这一温度降幅足以使农作物的生长期缩短 3 到 4 周时间。有欧美学者推测,17 世纪 40 年

---

[1] 关于小冰期起止日期及其引发的确切天气现象,科学界目前尚存争议。有学者把时间限定在 17 世纪晚期至 19 世纪中期,也有建议 1430 年前后至 1770 年左右,但绝大多数专家认为小冰期发生在 1300 年前后到 1850 年之间。需要指出的是,小冰期并非一直都是极寒天气,但极端寒冷和异常暴雨频发是它的基本特征(See Brian Fagan, The Little Ice Age: How Climate Made History,1300—1850[M]. New York: Basic Books,2000),48-50;Wolfgang Behringer,Climatic Change and Witch-hunting: The Impact of the Little Ice Age on Mentalities,Climatic Change 43,no. 1 (1999):336)。

[2] Wolfgang Behringer, Climatic Change and Witch-hunting: The Impact of the Little Ice Age on Mentalities[M]. Climatic Change, 1999:346.

[3] Ibid.,348.

代欧洲的谷物产量下跌 30% 到 50%。[1] 粮食减产,谷价上升,造成全球各地饥荒与瘟疫频仍,故小冰期亦是暴乱、死亡及王朝更替的高发期。[2]

莎士比亚生于 1564 年,卒于 1616 年,其生活年代基本上被普菲斯特所定义的格林德瓦波动期所涵盖。不仅如此,莎士比亚的创作年代更是与小冰期极寒期(1590—1610)高度吻合:首部独立创作的喜剧《驯悍记》出现在 1589—1592 年间,而剧作家的谢幕之作《暴风雨》则完成于 1611 年。[3] 一个伟大作家的生活与创作年代与独特的小冰期气候竟然如此高度重合! 那么,作家本人和作品是否会受到这个生态特征的些许影响?

2013 年 3 月 20 日,英国《每日邮报》网站刊登了一则关于莎士比亚生平事迹的文章。该文援引乔纳森·贝特(Jonathan Bate)的一句话即"小冰期时代的饥馑与粮食短缺问题可以为理解莎士比亚作品提供新的思路,"[4] 以提醒读者在解读莎士比亚其人、其作时,不要忘却对当时生态气候的关怀。乔纳森·贝特执教于毗邻诗人故乡的沃里克大学(University of Warwick),其学术涉猎广泛,成就非凡,被誉为英国文学生态批评理论的先驱,同时又是著名的《皇家版莎士比亚全集》(*The RSC Shakespeare:The Complete Works*)的主编,是莎士比亚研究的世界级领军人物。贝特教授的这句话吸引了笔者的极大兴趣。正是在这句话的启发下,笔者开始了长达四年之久的相关资料收集、整理与书稿撰写工作。而本书的理论起点,恰恰正是基于小冰期这样一个极为重要的生态气候学概念。本书的性质,便是从气候这个要

---

[1] 彭纳.人类的足迹:一部地球环境的历史[M].张新,译.北京:电子工业出版社,2013:94-95.

[2] 以 16 世纪末的中国明朝为例:中国气候在 1580 年也进入小冰期,有历史学家认为,气候变化是明朝末年饥荒连连,农民叛乱叠起并导致明王朝最终灭亡的原因之一(Brian Fagan,The Little Ice Age:How Climate Made History,1300—1850[M]. New York:Basic Books,2000:50)。

[3] 剧本《亨利八世》和《两个高贵的亲戚》虽创作于 1613—1614 年间,但却是与约翰·弗莱彻(John Fletcher)合写成的(William Shakespeare. William Shakespeare:Complete Works,ed. Jonathan Bate[M]. New York:Modern Library,2007:2471-5)。

[4] Daily Mail Reporter,"Was Shakespeare a Tax Dodger? Bard Was 'ruthless Businessman Who Exploited Famine and Faced Jail for Cheating Revenue'," MailOnline,March 31,2013,last modified March 31,2013,http://www.dailymail.co.uk/news/article-2301829/Was-Shakespeare-tax-dodger-Bard-ruthless-businessman-exploited-famine-faced-jail-cheating-revenue.html.

素出发,来探讨莎士比亚戏剧与小冰期气候之间的互动关系,是属于侧重于实证性的基础研究范畴。研究不仅证实了贝特教授论断的正确性,而且进一步推进、拓展了小冰期的文化外延。研究得出结论:小冰期是揭示莎士比亚戏剧奥秘的一把金钥匙,独特的生态气候特征的的确确对莎士比亚的职业生涯、创作主题及艺术表现手法产生了全方位的深刻影响。

第二节　被生态批评遗忘的角落

有关文学与环境二者之关系的言论,在古今中外的文学理论与批评著作中并不罕见。尤其是在 20 世纪末至 21 世纪初的短短几十年间,自然书写、生态研究及选集大量呈现在读者的眼前,颇有令人产生目不暇接、无所适从之惑。[1]但在 20 世纪之前,除去 19 世纪的法国批评家斯达尔夫人(Madame de Staël)、希波里特・泰纳(Hippolyte Taine)和公元 6 世纪的中国文论家刘勰及钟嵘,从气候这个独特角度切入,对文学与气候之关系进行深入研究的学者却相对较少。[2]到了 20 世纪后期,生态批评异军突起,人们逐渐意识到自然环境对人类文明的基础性决定作用,正如美国作家及历史学家丹・佛洛里斯(Dan Flores)所言:"当人类找到定期光顾的狩猎营地,或者在河流附近建立了农业定居点,从那时起,人类就已经被叠加到环境之根基之上了。"[3]而斯坦福大学的生态批评学者罗伯特・波格・哈里森教授(Robert Pogue Harrison)也曾说过:"诗歌不仅仅反映存在的精神状态,或人们通常所说的时代精神,也记载了变化中的气候与居所产生的精神风貌。"[4]但令人遗憾的是,气候在总体上依旧只是一个被文学批评家们遗忘的角落。

国外研究:总体而言,在 19 世纪的欧美文学批评界,气候并未引起人们的充分重视。先以 19 世纪初期斯达尔夫人的《论文学》为例。该论著曾描述过这样一种

---

[1]　Glen A. Love. Practical Ecocriticism: Literature, Biology, and the Environment[M]. Charlottesville, VA: University of Virginia Press, 2003:28.

[2]　曾大兴.中外学者谈气候与文学之关系[J].广州大学学报(社会科学版),2010(12):76-81.

[3]　Dan Flores. Place: Thinking about Bioregional History, in Bioregionalism, ed. Michael Vincent McGinnis[M]. London: Routledge, 1999:44.

[4]　Laurence Coupe. The Green Studies Reader: From Romanticism to Ecocriticism[M]. London: Routledge, 2000:216.

现象："北方天气阴沉，居民十分忧郁，基督教的教义和它最早那批信徒的热忱加重了他们忧郁的情绪，并给他们提供了方向。……而南方人民禀性偏于激奋，现在则易于接受与其气候及趣味相适应的沉思默想的生活。"[1] 在谈论不同地域文学的差异时，她以更加明确的口吻说："北方人喜爱的形象和南方人乐于追忆的形象之间存在着差别。气候当然是产生这些差别的主要原因之一。"[2]

斯达尔夫人在这里所表达的观点，显然是受到孟德斯鸠地理环境决定论的影响。在《论法的精神》里，这位 18 世纪的法国思想家"用了整整一章的篇幅来讨论气候对法律的影响，指出人的精神气质和内心情感因不同的气候而有很大的差别，处于不同气候带的国家的法律因此也有很大的差别。"[3] 曾大兴教授指出，斯达尔夫人只是提到气候影响文学这个话题，但并未就此展开深入考察和论证。[4]

再以 19 世纪 50—60 年代法国文学批评家泰纳所开创的文艺社会学为例。泰纳在其名著《艺术哲学》一书中论证了"种族、环境和时代"对文学的决定性影响。[5] 他指出：

> 自然界有它的气候，气候的变化决定这种那种植物的出现；精神方面也有它的气候，它的变化决定这种那种艺术的出现。我们研究自然界的气候，以便了解某种植物的出现，了解玉蜀黍或燕麦，芦荟或松树；同样我们应当研究精神上的气候，以便了解某种艺术的出现，了解异教的雕塑或写实派的绘画，充满神秘气息的建筑或古典派的文学，柔媚的音乐或理想派的诗歌。精神文明的产生和动植物界的产物一样，只能用各自的环境来解释。[6]

在这段文字里，泰纳虽然也提到了"自然界气候"，但他更多强调的是一种"精

1　斯达尔夫人.论文学[M].徐继曾，译.北京：人民文学出版社，1986：110-111.

2　斯达尔夫人.论文学[M].徐继曾，译.北京：人民文学出版社，1986：146-147.

3　曾大兴.中外学者谈气候与文学之关系[J].广州大学学报(社会科学版)，2010(12)：76-81.

4　曾大兴.中外学者谈气候与文学之关系[J].广州大学学报(社会科学版)，2010(12)：76-81.

5　杨冬.西方文学批评史[M].长春：吉林教育出版社，1998：371.

6　泰纳.艺术哲学[M].傅雷，译.北京：人民文学出版社，1963：9.

神气候",即"风俗习惯与时代精神"。[1]也就是说,泰纳的气候,并非属于自然科学的范畴,而是社会学领域里的一个概念。泰纳实际上粗鲁割裂了联系二者的任何纽带。

进入20世纪70年代,"生态批评"在欧美世界勃然兴起。但令人奇怪的是,虽然"生态批评"又名"环境批评"、"绿色研究",指的是探讨"文学与生物和物理环境之间关系的批评著作,"[2]但正如美国著名学者M.H.艾布拉姆斯(M.H.Abrams)给"生态批判"这个术语所下的定义那样,生态批评家们更多强调的是"人类活动给环境所造成的损害"。[3]而对于气候这一极为重要的影响动植物栖息之地和生命形式的生态因素,却没有给予充分、足够的关注。

首先,以英国批评家劳伦斯·库普(Laurence Coupe)的《绿色研究读本:从浪漫主义到生态批评》(*The Green Studies Reader:From Romanticism to Ecocriticism*)为例。这部出版于2000年的文集囊括从浪漫主义时期到当今的众多代表性评论家,就生态学、文学与文化之间的关系展开了深入的论述,对当今生态批评具有全面的指导性意义。特别是其中的《文本中的自然》(The Nature of the Text)一章,"将文本置入地理、历史、空间、时间、性别、气候甚至体制等多维度的大背景之中进行阐释,揭示了自然与各维度之间的纠葛及针对自然而产生的各维度力量之间的较量。"[4]美中不足的是,气候在作者的论述中,依然处在一个并不十分突出的位置。充其量,气候只是影响文本的六大要素之一,地位甚至不如性别那么重要。

其次,再以美国生态批评领军人物劳伦斯·布伊尔(Lawrence Buell)的生态批评三部曲为例。[5]这三本论著为推进生态批评的发展做出了卓越贡献,也奠定了作

---

[1] 泰纳.艺术哲学[M].傅雷,译.北京:人民文学出版社,1963:34.

[2] M. H. Abrams and Geofrey Galt Harpham. A Glossary of Literary Terms, 10th ed.[M]. Beijing: Peking University Press,2014:96.

[3] Ibid.

[4] 胡志红.西方生态批评史[M].北京:人民出版社,2015:146.

[5] 即:《环境想象:梭罗、自然书写与美国文化的形成》(The Environmental Imagination:Thoreau,Nature Writing,and the Formation of American Culture,1995)、《为濒危世界创作:美国及其他地区的文学、文化和环境》(Writing for an Endangered World:Literature,Culture,and Environment in the U.S. and Beyond, 2001)和《环境批评的未来:环境危机与文学想象》(The Future of Environmental Criticism:Environmental Crisis and Literary Imagination, 2005)。

者在该领域中的地位。布伊尔在书中指出：

> 迄今为止，新环境批评对地方规模分类所作的最突出贡献，可能就是生物区域(bioregion)这个概念。如同生态批评本身，生物区域主义，作为一个自发的运动，始于美国西部。……生物区域"既可表示地理范围，又可表示意识领域。"生物区域"最初"是由"气候学、地形学、动植物地理学"等学科所限定的，通常包含一个"重要的分水岭"。[1]

虽然布伊尔明确主张让季节、地方与气候等自然存在成为文学艺术再现的中心。[2]但透过生态批判三部曲可以看出，自然气候并非是布伊尔的关注焦点，文化民族主义和比较文学研究才是他的真正兴趣所在。与研究自然现象的其他生态批评学者一样，布伊尔的最终目的往往带有一丝功利的道德说教色彩。正如胡志红所言：

> 生态批评学者研究自然现象(季节、气候)、海洋、地方以及人口在文学作品中的作用，旨在通过揭示自然或自然存在物与人类文化之间及人类存在之间密不可分的关系，或昭示自然对人之生存的影响或决定作用，从而激发人的环境意识或环境敏感性。以培养人的生态情感，提高人的生态意识，唤醒人的生态良知。[3]

以上文字是关于气候与文学之关系的国外研究总体现状与综述。具体到莎士比亚研究领域：一方面，随着全球环境的日益恶化和生态批评领域取得的巨大进展，作为"英语文学海洋之中的那条块头最大的鱼"，美国学者斯蒂夫·门兹(Steve Mentz)指出，莎士比亚也吸引了众多生态批评学者们的关注，因为大作家"漫长而

---

[1] Lawrence Buell. The Future of Environmental Crisis and Literary Imagination[M]. Malden, MA: Blackwell Publishing, 2005:83.

[2] 胡志红.西方生态批评史[M].北京:人民出版社,2015:229.

[3] 胡志红.西方生态批评史[M].北京:人民出版社,2015:232.

生动活泼的戏剧创作为当时的生态困境提供了实实在在的证据;"[1]另一方面,关于气候尤其是小冰期对莎士比亚的影响的评论文章,数量则少得可怜,几乎到了屈指可数的地步。

莎士比亚的生态批评,发轫于 20 世纪 90 年代末的美国。在 1999 年由《美国现代语言学协会会刊》(PMLA)主办的一次研讨会上,美国学者西蒙·C.斯托克(Simon C. Estok)首次公开呼吁早期现代研究学者们要与生态批评理论进行"直接对话"。[2]从此以后,欧美莎士比亚生态批评队伍迅速发展壮大。2006 年,在澳大利亚布里斯班举行的第八届世界莎士比亚大会(the International Shakespeare Association's 8 th International World Shakespeare Congress)上,特别设立了由斯托克主持的名为"莎士比亚与生态批评学"(Ecocritism and the World of Shakepseare)的研讨专场。[3]

在 21 世纪的今天,欧美莎士比亚生态批评已经演变成一个人声鼎沸的话语场所,各种研究成果正以几何倍增的方式大量喷涌而出。下面,笔者将依照出版时间的先后顺序,简单介绍几部最重要的莎士比亚戏剧生态批评专著或论文集。

英国学者加布里埃尔·伊根(Gabriel Egan)于 2006 年出版的《绿色莎士比亚:从生态政治到生态批评》(Green Shakespeare:From Ecopolitics to Ecocriticism)一书堪称关于莎士比亚的首部生态批评专著。作者以生态批评理论为主线,结合二十一世纪的科学新知识,全球化背景下的环境及政治意涵,对莎士比亚戏剧中的三对生态主题(即自然与社会、食物与生物界、超自然与天气)进行了分析解读,前后涉及不同题材的戏剧文本共计 10 个。[4]

三年后的 2009 年,对于莎士比亚生态批评而言是一个标新立异的年份。该

1　Steve Mentz. Shakespeare's Beach House, or the Green and the Blue in Macbeth[J]. Shakespeare Studies 39 (2011).

2　Todd A. Borlik. Ecocriticism and Shakespeare:Reading Ecophobia[J]. Early Modern Literary Studies 16,no. 1 (2012).

3　Simon Estok. An Introduction to Shakespeare and Ecocriticism:The Special Cluster[J]. Interdisciplinary Studies in Literature and Environment 12.2 (2005).

4　后面简称《绿色莎士比亚》,See Gabriel Egan,Green Shakespeare:From Ecopolitics to Ecocriticism (London and New York:Routledge,2006)。

年,美国学者杰弗里·S.泰斯(Jeffrey S. Theis)出版了《早期现代英格兰的森林书写:一个森林牧歌的国度》(*Writing the Forest in Early Modern England: A Sylvan Pastoral Nation*)一书,别出心裁地创造了"森林牧歌"(Sylvan Pastoral)这个术语并视其为一种独特的文学体裁。在该书的第一部分,泰斯聚焦《仲夏夜之梦》《温莎的风流娘儿们》及《皆大欢喜》这三个莎士比亚早期喜剧中的森林描写、舞台地位及象征隐喻,揭示自然和文化之间错综复杂的关系,并得出结论:早期现代英国社会长期存在着一种对木材匮乏的恐惧,森林对个体与国家认同的形成具有不可或缺的工具性意义。[1]同年,门兹在专著《莎士比亚的海底世界》(At the Bottom of Shakespeare's Ocean)中开启了莎士比亚的"蓝色文化研究"。作者怀揣回归西方文学、文化传统里海洋之中心地位的梦想,采取生态学与比较文学相结合的方法,对应现代文学作品里的海洋表现,论述了莎士比亚戏剧里以海洋为中心的人类各项活动。[2]

由美国学者林恩·布鲁克纳(Lynne Bruckner)和丹·布雷顿(Dan Brayton)两人共同主编的论文集《莎士比亚生态批评》(Ecocritical Shakespeare)于 2011 年出版。该书按照背景、主题(即植物、动物、气候和水体)及生态批评教学这三个方面,收集 13 位当代英美莎士比亚生态研究学者的最新论文。[3]布雷顿在莎士比亚生态批评研究领域颇有建树。2012 年,他又出版个人专著《莎士比亚海洋的生态探索》(Shakespeare's Ocean: An Ecological Exploration)。布雷顿用七个章节的规模依次揭示莎士比亚时代对海洋的各种偏见与想象,并指出莎士比亚"持续性考虑了人类与海洋环境之间的深层次的相互关系,"[4]他最后呼吁要建立一种"水陆两栖"(Ter-

---

[1] Jeffrey S. Theis, Writing the Forest in Early Modern England: A Sylvan Pastoral Nation[M]. Pittsburgh, PA: Duquesne University Press, 2009. 后面简称《早期现代英格兰的森林书写》。

[2] Steve Mentz. At the Bottom of Shakespeare's Ocean[M]. London and New York: Continuum International Publishing Group, 2009.

[3] Lynne Bruckner and Dan Brayton, eds., Ecocritical Shakespeare[M]. Farnham: Ashgate Publishing Limited, 2011.

[4] Dan Brayton. Shakespeare's Ocean: An Ecocritical Exploration[M]. Charlottesville and London: University of Virginia Press, 2012:6.

raqueous)的生态批评范式。[1]

年轻的美国生态批评学者托德·A.博利克(Todd A. Borlik)在 2011 年出版了《绿色牧场:生态批评与早期现代英国文学》(Ecocriticism and Early Modern English Literature:Green Pastures)一书。此书的前身,是撰写于 2004 年的一篇博士学位论文,其批评范围涵盖了莎士比亚、锡特尼、斯宾塞、马娄、邓恩及弥尔顿等 16—17 世纪英国文坛大家的主要作品。作者博利克指出,尽管早期现代英国作家们绝非现代意义上的环保主义者,但森林砍伐、能源利用、空气质量及气候变化等环境议题在他们的作品中初现端倪却是不争事实。[2]值得一提的是,在该书第三章"宗教改革与自然的祛魅"(The Reformation and the Disenchantment of Nature)里,博利克专门辟出一节,名为"《仲夏夜之梦》、祈祷与 16 世纪 90 年代的'小冰期'"(A Midsummer Night's Dream, Rogation, and the "Little Ice Age" of the 1590s),以论证小冰期对莎士比亚时代产生的各种影响,还有当时人们对恶劣天气的宗教解读与心理顺应。[3]

与博利克同样年轻的伦敦大学学者夏洛蒂·斯科特(Charlotte Scott),来自英国农村地区,自幼便对母亲日夜劳作的那片土地充满敬意。受这种人生体验启发,斯科特于 2014 年出版了一本名为《莎士比亚的自然:从农耕到文化》(Shakespeare's Nature:From Cultivation to Culture)的专著。[4]通过分析《亨利五世》《麦克白》《冬天的童话》及《暴风雨》这四个剧本中的农业活动,斯科特向读者展示了农耕语言与生产实践究竟是如何影响了莎士比亚的创作。同时,作者还揭示早期现代农耕术语改变了人们对于自然世界的态度,重新定义了人类与栖息地之间的相互关系。[5]

大地母亲是人类的食物来源。英国的杰恩·伊丽莎白·阿彻(Jayne Elisabeth

[1] 所谓"水陆两栖批评",根据布雷顿本人的解释,即"蓝色文化研究"(blue cultural studies),Dan Brayton. Shakespeare's Ocean:An Ecocritical Exploration,199.

[2] Todd A. Borlik. Ecocriticism and Early Modern English Literature:Green Pastures[M]. London and New York:Routledge,2011.下文简称《绿色牧场》。

[3] Ibid.:118-29.

[4] See Charlotte Scott. Shakespeare's Nature:From Cultivation to Culture[M]. Oxford:Oxford University Press,2014.

[5] Ibid.:1-21.

Archer)、霍华德·托马斯(Howard Thomas)和理查德·马格拉夫·特利(Richard Marggraf Turley)等三位学者共同撰写了《食物与文学想象》(Food and the Literary Imagination)一书,挖掘粮食危机对莎士比亚戏剧创作及职业生涯的影响。[1]作者在书中专门提到小冰期这个术语,并把它和当时颇为流行的饥荒叙事联系在一起。[2]

论文方面,目前仅对世界公认的莎士比亚研究权威期刊《莎士比亚研究》(Shakespeare Studies)中的文章进行梳理:该刊 2011 年刊(总第 39 期)展示认知生态学运用于莎士比亚研究所产生的丰硕成果;[3] 2013 年刊(总第 41 期)中的数篇文章共同指出,对莎士比亚戏剧中动物及兽性进行深入哲学思考,离不开认知生态学、神经科学和生物符号学的理论支持;[4] 2014 年刊(总第 42 期)载文 12 篇,其中 8 篇文章从不同角度探讨了莎士比亚戏剧中饮食习惯与种族、性别及身份之间的互动关系。[5]

由上可见,国外的莎士比亚生态批评在新理论的运用及主题的拓展方面已经取得巨大成就,为今后研究提供不少值得借鉴的新思路。但在众声喧哗的莎士比亚戏剧生态批评之地,气候问题却一直受地理环境决定论这道紧箍咒的束缚,屈居于生态话语圈的边缘地带。

除了博利克的《绿色牧场》和阿彻等人的《食物与文学想象》,上面介绍的莎士比亚戏剧生态批评专著或文集极少关注到气候问题,更别提小冰期这个前沿话题了,仅有偶尔的只言片语。例如:伊根的《绿色莎士比亚》曾在书中一页间接提到莎士比亚时代属于小冰期的这个基本事实,但却并未就此展开任何讨论。[6]伊根的终

---

[1]　See Jayne Elisabeth Archer, Richard Marggraf Turley and Howard Thomas. Food and the Literary Imagination[M]. New York: Palgrave Macmillan, 2014.

[2]　Ibid., 82.

[3]　See Evelyn Tribble and John Sutton. Cognitive Ecology as a Framework for Shakespearean Studies [J]. Shakespeare Studies 39 (2011).

[4]　See Linda K. Neiberg. Death's Release: Comedy and the Erotics of the Grave in the Widow's Tears[J]. Shakespeare Studies, 41 (2013).

[5]　See Kimberly Anne Coles and Gitanjali Shahani. Introduction [J]. Shakespeare Studies, 42 (2014).

[6]　See Gabriel Egan. Green Shakespeare: From Ecopolitics to Ecocriticism[M]. London and New York: Routledge, 2006:134.

极关怀,乃是 16~17 世纪英国思想中新、旧两种宇宙观的纠缠与较量。[1]比伊根略进一步的是泰斯,他在专著《早期现代英格兰的森林书写》里提到了小冰期这个概念,虽然只有一次,但却难能可贵地把它与当时的燃料供应联系在一起:"16 世纪 90 年代的'小冰期'导致了冬天的(异常)寒冷,使薪柴的需求量大为增加。"[2]不过,泰斯在提出这一结论的时候多少显得有些仓促,他并没有援引其它研究,或者列出论断的推理过程。除此之外,泰斯在书中就再也没有发表过关于小冰期的具体见解了。门兹在《莎士比亚的海底世界》里运用生态气候学的原理,解释了海洋影响全球气候变化的内部机制。他说:"(海洋)这个巨大的流体贮体吸纳了地球的热量和能量,促使洋流、热带风暴及厄尔尼诺现象的循环,为处于动态系统之中的天气提供能量,对于这个系统,我们至今依旧无法准确模拟。"[3]与此同时,门兹在书中还把早期的美洲殖民与北大西洋环流(North Atlantic Gyre)紧密联系在一起,他的这种提法也是颇有新意的。[4]令人惋惜的是,虽然门兹已经认识到生态气候学理论对解读莎士比亚戏剧的应用价值,但他却在全书中完全忽视了小冰期这一更为重要的宏观变量。2011 年出版的论文集《莎士比亚生态批评》里的 13 位作者也都没有提到这个概念。

　　国内研究:在中国文论史上,南朝时期的文学理论家刘勰是最早提及气候影响文学的人。在撰写于南齐末年的专著《文心雕龙》之《物色》篇里,刘勰说了两句经常为后世所援引的至理名言:一句是"春秋代序,阴阳惨舒,物色之动,心亦摇焉;"

---

[1]　Ibid.:174.

[2]　Jeffrey S. Theis. Writing the Forest in Early Modern England: A Sylvan Pastoral Nation[M]. Pittsburgh,PA: Duquesne University Press,2009:17.

[3]　Steve Mentz. At the Bottom of Shakespeare's Ocean[M]. London and New York: Continuum International Publishing Group,2009:97.

[4]　Ibid. 北大西洋环流又叫北大西洋暖流。正是由于这股暖流,使英国气候条件比同纬度的其他任何地区都要好得多。这股暖流给本属高纬地区的不列颠群岛沿岸带来温暖,在冬季的重要性尤其显著。北大西洋暖流水势汹涌,不仅保证了改变局部气候的最大益处,而且使浪潮翻腾加速了海水的运行。强烈的潮流使英国的港口不冻不淤;同时,大陆架上的海域由于不同性质的洋流在此交汇,使鱼类庞杂,成为世界上资源最丰富的渔场。See L. Dudley Stamp and Stanley H. Beaver. The British Isles: A Geographic and Economic Survey,4th ed.[M]. London: Longmans,1961:1.

另一句则是"岁有其物,物有其容;情以物迁,辞以情发。"[1]

第一句强调一个"动"字,即气候的变化。这里的"物色",指的是随时间流逝或变幻而发生相应变化的自然景色。[2]或者说,"物色"就是人类赖以生存的周遭环境,其色彩随一年四季的气候变化而不断发生改变。这里的"物色",借用现代物候学(phenology)的术语表达,则是"物候"。[3]所谓"物候",就是研究"各年的天气气候条件的反映"以及"一年中月、露、风、云、花、鸟推移变迁的过程。"[4]

第二句是对第一句的补充,两句合起来共同揭示了文学的生成原理。"人们的感情随着自然景物的变化而变化,而文辞则又是由于感情的激动而产生的。"[5]引起自然景物变化的原因,刘勰已经在第一句中给出了答案,即"春秋代序,阴阳惨舒",通俗地说,也就是气候的变化。节气变化引起物候变迁,触发心灵的悸动,导致文辞的产生。这便是文学作品在气候媒介作用下的一种生成机制。[6]不过,刘勰的本意并非深究气候究竟如何影响文学,而是呼吁文学对物色的精确把握:"《物色》篇对刘宋以来崇尚形似的山水写景诗颇加肯定,认为他们刻划景色,做到细致逼真。"[7]无论如何,刘勰在这里提到了气候变迁对文学的影响,体现出一种朴素的生态意识。

南梁钟嵘《诗品》的撰写只比《文心雕龙》晚了十来年。[8]作者首先开宗明义:

---

1 刘勰.文心雕龙注[M].范文澜,注.北京:人民文学出版社,1958.

2 "物色"一词最早出现在《礼记·月令》中,指祭祀时所用牲畜的体毛颜色。刘向著《列仙传》有"候物色而迹之",此处"物色"指预兆不凡人物或事件发生的天气异象。在《史记·龟策列传》中,"占龟与物色同"的"物色"则指依据星相进行的推断过程(参见:兰宇冬.物色观形成之历史过程及其文学实践[D].上海:复旦大学,2006:6-7)。

3 物候学又称"花历学"或"生物气候学",主要研究气候的变化规律及其对动植物的影响,是一门介于生物学和气象学之间的边缘学科。我国著名的气象学家竺可桢是这样定义物候学的:"物候学是研究自然界的植物(包括农作物)、动物和环境条件(气候、水文、土壤条件)的周期变化之间相互关系的科学"(竺可桢,宛敏渭.物候学[M].北京:科学普及出版社,1963:1)。

4 曾大兴.中外学者谈气候与文学之关系[J].广州大学学报(社会科学版),2010(12):76-81.

5 曾大兴.中外学者谈气候与文学之关系[J].广州大学学报(社会科学版),2010(12):76-81.

6 曾大兴.中外学者谈气候与文学之关系[J].广州大学学报(社会科学版),2010(12):76-81.

7 王运熙.钟嵘诗论与刘勰诗论的比较[J].文学评论,1988(4):115-120.

8 王运熙.钟嵘诗论与刘勰诗论的比较[J].文学评论,1988(4):115-120.

"气之动物,物之感人,故摇荡性情,形诸舞咏。"[1]接着钟嵘又说:"若乃春风春鸟,秋月秋蝉,夏云暑雨,冬月祁寒,斯四候之感诸诗者也。"[2]这两处话语的大意是:节气使景物发生变化,景物变化又动摇了人的性情,诗人触景生情,于是又把气候变化如实写进诗歌里。可见,气候对文学的影响,钟嵘表述的要比刘勰更为清晰。

自刘勰和钟嵘之后,气候在中国的文论界似乎从此无人问津。这种失语状态一直持续到 20 世纪。有趣的是,最先唤醒人文学者气候意识的竺可桢先生,是一位从事自然科学的研究人员。竺可桢是杰出的气候学家,也是中国现代物候学的奠基者。在与宛敏渭合作的《物候学》一书中,他用了大量篇幅,专门征用唐诗宋词,以论证我国唐宋时期的物候问题。[3]受竺可桢的启发,王梨村在 1990 年出版《中国古今物候学》专著,采用更多古典文本资料,论述了中国物候的古今变迁。[4]尽管这两位科学家的兴趣点并不在于文学研究,而在于以文学文本为数据资料,研究或论证物候学的规律与特征,但他们的研究本身已经证明了这样一个事实:不论是气候影响文学,还是文学反映气候,气候与文学两者之间,的确存在着一种密不可分的亲缘关系。

虽然气候变化是 2015 年达沃斯论坛的关键议题,现代物候学家们也已经证实气候与文学的密切关联,但国内外国文学批评界却一直未曾关注过这个问题。莎士比亚研究更是如此,相对于国外莎学界对气候偶然的一瞥,国内则几乎是一片盲区。至今尚未发现有国内同行公开出版从气候角度研究莎士比亚的专著。截止到 2017 年 9 月 1 日,在知网高级检索栏中输入"莎士比亚"和"生态"这两个主题,可以找到 74 篇相关论文,相对于 12186 篇莎士比亚论文,仅占 0.6%。可见,国内即便是运用生态批评理论解读莎士比亚都是很少见的,更别提什么生态气候学理论了。此外,国内为数不多的莎士比亚生态批评,往往聚焦人与自然之关系,借以提高人

1　钟嵘.诗品译注[M].周振甫,译注.北京:中华书局,1998:15.
2　钟嵘.诗品译注[M].周振甫,译注.北京:中华书局,1998:20.
3　曾大兴.中外学者谈气候与文学之关系[J].广州大学学报(社会科学版),2010(12):76-81.
4　王梨村.中国古今物候学[M].成都:四川大学出版社,1990.

们的生态意识和环保意识。[1]正如文学与环境研究学会首任会长斯科特·斯洛维克（Scott Slovic）所指出的那样："在最近几十年间，关于气候变化的科学和政治讨论大多聚焦如下问题，即人类活动是否引起地球大气发生变化，从而导致气候反常。"在生态严重恶化的 21 世纪的今天，这种研究路数无疑是一种学术上的思想正确，但这样做往往不自觉地夸大了人类的作用，也更容易误入西方中心主义者们事先预设的殖民话语圈套。

综上所述，近 20 年以来，从生态批评角度解读莎士比亚的文章和著作数量惊人，这反映出对地球环境恶化的焦虑心态，带有浓厚的时代色彩。但迄今为止，尚未出现专著，就莎士比亚戏剧中的气候问题展开细致论述，对小冰期生态究竟如何影响早期现代英国社会，对各生态要素之间的内在关联等问题进行深入发掘。而这些未知的领域，正是本书的关怀对象。

第三节　研究理论与概念厘清

一、生态气候学

本书在解读莎士比亚戏剧文本的过程中，大量运用了生态气候学的知识。根据美国科学家戈登·B.伯南（Gordon B. Bonan），生态学（Ecology）是研究生物体之间和生物体与环境之间相互作用的一门学科。[2]而气候学（Climatology）则是研究地球大气物理状态的一门学科，它关注大气的瞬时状态即天气变化，季节和年际间的

---

[1] 例如：肖四新 2011 年在《广东外语外贸大学学报》上发表名为《论自然在莎士比亚戏剧中的作用》一文，声称剧作家在人与自然之间建立了某种通感关系；刘萍 2015 年在《外语研究》上发表《论莎剧中的自然景观》论文，指出莎士比亚喜剧里的自然景观既为主人公提供庇护和安慰，也构成对世俗社会的反衬和补偿。

[2] "生态学（Ecology）这个术语是由德国科学家恩斯特·赫克尔（Ernst Haeckel）于 1866 年首次提出来的（"生态学"的德文是 Ökologie，源自希腊语 oikos，意为"家""住所"或"栖息之地"的意思）。值得注意的是，赫克尔本人是个生物学家，也是达尔文思想的积极追随者。"从词源上讲，生态学是研究生物栖息地的科学。但由于研究背景和对象的不同，生态学也有多种不同的定义。本书采取美国生物学家、环境学家及作家乔尔·W.赫奇佩思（Joel W. Hedgpeth）的观点，把生态学定义为生物因素、社会因素和历史因素和它们内部之间的相互作用。

不同;大气的长期均值状态即气候;以及气候改变的历史。[1]生态学和气候学的交叉研究就是所谓的生态气候学(Ecological Climatology)。

生态气候学的起源要归功于古希腊学者亚里士多德(Aristotle,ca.350 BCE)和泰奥弗拉斯托斯(Theophrastus,ca.300 BCE),以及他们各自的著作《气象学》(Meterologica)和《植物探秘》(Enquiry into Plants),这两门学科的现代发端则可以分别追溯到17世纪的自然历史学和植被地理学。[2]20世纪八九十年代,全球环境变化研究改变了生态学和气候学研究的学科界限。于是,生态气候学应运而生。

根据生态学基本理论,我们不难想到在自然环境中的一切天气现象的出现,诸如风雨、雷电、冰雹、洪捞、干旱等以及气象要素之间的相态转变就形成了一种特殊的气象环境,其优劣直接影响甚至决定着在此环境中生存、生长的人和动植物。王连喜也认为:"众多研究表明,气象因素对生态的影响最大,也最明显。可以说,在年际或更短的时间尺度上,变化频繁且迅捷的气象因子是生态系统最直接最根本的驱动力之一。"[3]人类生存于自然界中,无时无刻不受到气象环境的制约和影响,生态环境的优劣直接主宰着人类的生产和生活。假如没有气象因素,则生产者就没有光能来源以及适宜其生长发育的气象环境条件而无从生产。其他生物也没有食物能源,也就不可能存在任何形式的生命活动和各种生物。

小冰期是生态气候学的一个重要的关注课题。伯南在他的生态气候学教程中指明了小冰期的时间和对生态的影响:"从大约1550年开始,一直持续到1850年前后,地球气候进入一个名为'小冰河期'的持续低温期,它的主要阶段位于1550年至1700年之间。在此期间,冬季漫长而寒冷,夏季则转瞬即逝。阿尔卑斯的冰川扩展到低海拔地区。而非洲北部的气候则比现在要湿润许多。"[4]伯南还揭示了小冰期的产生机理。频繁的火山活动和太阳黑子的减少导致了小冰河时期的降

---

[1]　Gordon B. Bonan. Ecological Climatology: Concepts and Applications [M]. Cambridge: Cambridge University Press,2016:1.

[2]　Gordon B. Bonan. Ecological Climatology: Concepts and Applications [M]. Cambridge: Cambridge University Press,2016:1.

[3]　王连喜.生态气象学导论[M].北京:气象出版社,2010:20.

[4]　Gordon B. Bonan. Ecological Climatology: Concepts and Applications [M]. Cambridge: Cambridge University Press,2016,120:506.

温。火山喷发是短期气候变化的重要因素。1430 年到 1450 年,发生了一轮大规模火山喷发,火山将灰尘、碎片和气体注射到大气中,可以在海拔数万米的高空悬浮几个月的时间,强风则可把高海拔地区的火山物质吹散到全球各地。火山喷发的主要气体是二氧化硫,与氧气和水结合可以生成硫酸。该气体浓缩成细小的硫酸盐气溶胶,阻碍了太阳辐射抵达地球表面,大规模的火山喷发可以使全球平均气温连续三年下降 0.1 至 0.3 ℃。17 世纪是一个火山活动特别活跃的时期,北半球在相对很短的时期内不断遭遇"降温",这种累积效应使北半球突然呈现出一片冰天雪地的景象。[1]伯南也研究了人类活动对气候的影响,他认为人类主要通过温室气体和气溶胶(aerosols)排放、土地利用和植被覆盖的方式来影响气候。[2]

实际上,早在生态气候学这个术语出现之前,就已经有学者从艺术文化的领域阐释这门学科里的一些基本概念和原理了。世界著名的气候学家休伯特·H.兰姆(Hubert H. Lamb)在其理论专著《气候、历史与现代世界》(Climate, History, and the Modern World)中,就曾专门援引 16 世纪荷兰油画家彼得·勃鲁盖尔(Pieter Bruegel the Elder)的传世之作《雪地围猎》,以阐明地球以往曾经历过的气候变化。站在一个气象学家的角度,创作于 1565 年的这幅描写北欧冬季日常生活的油画,是那个时代的生态特征留给艺术家的个体生命感悟。荷兰艺术史上对冬季风物的兴趣亦肇始于这个时期,与欧洲当时所面临的漫长而寒冷的冬季在时间点上的重叠并非仅仅纯属巧合。[3]

自然科学家兰姆借助人文艺术经典论证并阐释气象学理论和原理,这个事实一方面说明了文化和气候的密切关联,另一方面则暗示,我们完全可以反过来运用后者的理论知识去诠释前者。而这一点,恰恰是生态批评学者们念兹在兹的执着追求。美国生态批评家格伦·A.洛夫(Glen A. Love)早就呼吁:"生态批评,就其本

---

[1] Gordon B. Bonan. Ecological Climatology: Concepts and Applications [M]. Cambridge: Cambridge University Press, 2016:128.

[2] 大气中的气溶胶浓度可以影响地球接受阳光辐射的动态平衡。Gordon B. Bonan. Ecological Climatology: Concepts and Applications [M]. Cambridge: Cambridge University Press, 2016: 121.

[3] Gordon B. Bonan. Ecological Climatology: Concepts and Applications [M]. Cambridge: Cambridge University Press, 2016:2.

质而言,应该体现在与其他相关学科,尤其是生命科学的某种新型关系之中。"[1]贝特对经典名剧《暴风雨》的生态解读也显示,在生态关照文化的过程中,生态批评理论只有与其他学科进行交叉或整合,方能更加全面也更加深入地探讨生态问题的实质,并探寻出更有效和更持久的生态文化策略。

二、小冰期

在本书中,小冰期这个术语,是作为一个主题对象看待的,而不仅仅是一个纯时间或自然科学的概念。尽管前文介绍了小冰期在古生物气候学上的来龙去脉,但在本书的论述中,它更侧重于一种文化概念,是建立在科学术语之上的一个整体的"文化打包"。正是基于这个原因,所以本书在题目中把小冰期、农耕隐喻和海洋想象视为三个并列的主题,否则就要变成"小冰期时代的农耕隐喻与海洋想象"了。除此之外,虽然后两部分与作为纯气候学意义的小冰期有一定的因果关系,但在论述过程中,也离不开生态气候学的其他理论乃至其他跨学科知识的支持。

把小冰期视作一个文化概念,并非笔者的一厢情愿。把小冰期理论嫁接到文化研究领域,一些欧美学者早已进行过积极尝试,并取得了丰硕的成果。代表性的有:加州大学圣芭芭拉分校人类学教授布莱恩·费根(Brian Fagan)在其专著《小冰期:气候如何改变历史》(*The Little Ice Age:How Climate Made History*,1300—1850)中,讲述了在1300年到1850年的寒冷时期,欧洲农民面临的生存困境:饥荒、低温、面包暴动、日益沮丧的农民和残忍对待他们的专制领导人的崛起。17世纪晚期,农业生产急剧下降:"阿尔卑斯山脉的村民不得不依赖碎坚果壳掺杂大麦和燕麦粉做成的面包维持生计。"[2]历史学家沃尔夫冈·贝林格则在《气候的文明史:从冰川时代到全球变暖》一书里,将欧洲密集的猎巫活动与小冰期时代的农业歉收联系在一起。

---

[1] Glen A. Practical Ecocriticism:Literature,Biology,and the Environment[M]. Charlottesville, VA:University of Virginia Press,2003:37.

[2] Brian Fagan. The Little Ice Age:How Climate Made History,1300—1850[M]. New York:Basic Books,2000:132.

第四节　本书主要内容和创新点

　　小冰期气候的主要特征是天气的寒冷和风暴的频繁。本书首先论述了小冰期气候在莎士比亚戏剧中的呈现。通过分析《驯悍记》《仲夏夜之梦》《亨利四世》及《爱之徒劳》等戏剧文本，挖掘莎士比亚戏剧中冰与雪的意象与主题表达。笔者发现莎士比亚使用的诸如"炙热的冰，发烧的雪"之类的矛盾修辞，隐射的是伦敦冬季中的寻常之景色。冷冰冰的天气是《驯悍记》序幕的发生背景，也是对正剧进行生态气候学解读之关键所在。降伏凯瑟丽娜的，与其说是彼特鲁乔不如说是寒冷的天气。脱离寒冷，该戏的所有故事情节便无法有效铺展。本书对《仲夏夜之梦》中生态底色进行了细致考证。提泰妮娅诉说的天时变异、风雾为灾极有可能指的就是英格兰1594年的糟糕夏天。从植物学的角度考察该剧里的樱桃意象，则能明白这种水果为什么被诗人赋予了如此特殊的文化内涵。我们同样可以从《爱之徒劳》中解析出小冰期的生态因子。

　　本书分析了莎士比亚对小冰期时代各种社会乱象的描述。小冰期的社会动荡主要是由粮食短缺危机造成的。饥馑、贫穷、瘟疫和农民起义是莎士比亚戏剧着力表达的内容。《泰尔亲王配力克里斯》描写了原本繁荣富庶的塔色斯城因为饥荒发生的亲族相食现象。对恶劣天气的无所畏惧，一方面体现福斯塔夫的色胆包天，另一方面也揭示饥民期盼天降美食的心理意识。《驯悍记》序幕中的一个短语"衰落的今世"浓缩了小冰期时代英国民生的凋敝。衣食无着的失业人口四处流浪，给社会秩序和稳定带来了巨大的压力。贫穷滋生犯罪和暴力。这一时期的许多文学作品都关注到日益增多的乞丐大军，莎士比亚的戏剧自然也不例外。通过爱德伽/疯丐汤姆这对具有双重身份的人物形象，莎士比亚在《李尔王》一剧中把早期现代英国流浪汉的模样刻画得入木三分。

　　本书还对小冰期生活方式和人们的心理反应进行了研究。酗酒对莎士比亚的个人生活或者戏剧创作影响很深，是个十分复杂的问题。同时，莎士比亚笔下的忧郁症患者也比比皆是。这一章从忧郁的病因、症状和治疗这三个方面诠释了莎士比亚戏剧中那些时常忧伤的王子们，忧郁在当时被视为一种时髦的高贵品行。

　　小冰期生态危机的文化解读和哲学思考是值得挖掘的一个话题。因为这里面涉及莎士比亚戏剧和西方文学作品中的女巫刻板形象。女巫成为异常气候的替罪羊,女巫登上舞台也与当时的政治气氛有关。从基督教的传统观点看,莎士比亚时代认为一切灾难都是上帝的愤怒,而人的腐败和堕落是引起上帝不悦的根源。因此节制美德便受到大张旗鼓的宣扬,节制也有利于人们度过饥荒岁月。

小冰期带来的物质匮乏使得建立在经济基础之上的婚姻更加注重财富和门当户对。寻找"金羊毛"是莎士比亚爱情故事中男主角的共同目标,为实现这一目标,他们只要和女方父亲达成交易即可。不过,鲍西娅的宝匣招亲显示,青年男女追求爱情,渴望自由选择配偶的诉求也不断涌现乃至付诸行动。小酒店这类大众场所的兴起再加上人口的大量流动,使得中世纪的禁欲观渐渐失去了坚守的阵地。而经济因素依然是秘密婚礼盛行的主要原因。

生态与英国海外殖民存在某种因果关系。狭小阴冷的海岛,极不稳定的国内农业生产,远远满足不了不列颠的帝国雄心。伊丽莎白一世于1558年登基之后,英国的商人兼冒险家们便开始了海洋帝国的创建。女王陛下的臣民跨海越洋,足迹延伸到遥远的赤道热带地区,他们依靠海外领地而不是国内的狭小地盘创造财富。

运用生态气候学理论与知识解读莎士比亚是本书的一大创新。文学生态气候学研究,目前是尚未引起学界足够重视的一块处女地。运用该理论解读莎士比亚,成果则更是极为罕见。笔者查询知网,发现截止到2017年9月1日,除了拙作,国内尚未出现公开发表的学术论文。国外方面,笔者检索世界最大的联机书目数据库WorldCat,也没有找到从这个角度阐释的,公开出版的莎士比亚研究专著,只有为数不多的几篇论文,而且篇幅普遍较短。因此,笔者希望通过这部小书的撰写,能从生态气候学的角度,对莎士比亚戏剧文本进行比较深入的分析,并做出具有前瞻性意义的探索和发现,以展示该理论对莎士比亚戏剧研究的诱人前景。

世界著名的进化论科学家斯蒂芬·杰伊·古尔德(Stephen Jay Gould),曾以讥讽口吻劝诫世人切勿滥用生态批评术语和概念:"当前对生态学的庸俗化使用,使其面临降格为一种廉价标签的威胁,似乎可以用来表示任何远离都市尘嚣的好东西,或者指代任何不含人工化学成分的物质。"[1]在运用生态气候学概念诠释莎士比亚戏剧的同时,本书试图与传统的莎士比亚生态批评有所区别,并努力避免成为古尔德的嘲讽对象。

20世纪90年代,美国学者格雷格·伊斯特布鲁克(Gregg Easterbrook)写了一本颇具争议的书,叫作《地球上的一刹那:即将来临的环境乐观主义》[2]。作者一面讲述全球降温,一面却又宣扬气候变暖。该书顺势得出的一个结论则是:大自然总是那么率性而为,不受人类的预测或操控,因此,我们何苦自寻烦恼?[3]虽然伊斯特布鲁克的看法遭到众多知名环境主义者的猛烈抨击,但自然力量的强大显然是不容忽视的。正如马克·吐温所言:"但凡了解密西西比河的人都会毫不犹豫地断言——并非大声嚷嚷,而是默默自语——纵使有一万个流域委员会,用全世界的资源来做后盾,也不能制伏这条无法无天的河流,不能束缚它,不能限制它,更不能对它说'你朝这边流'或'你往那边淌',让它服从你。"[4]

莎士比亚时代的人类,对自然世界的影响能力,较之于今人,更是无法等列齐观的。今天,人类大量使用石化燃料,既可制造局部显著的热岛效应,又能引发全球范围的温室气体效应。但在早期现代,尽管也存在人为破坏环境的行为,总体上,二十世纪之前的地球气候异常,并非是由人类的活动所造成的。[5]相对于大自然的无所不能,当时人类改变全球环境的能力,是可以忽略不计的。为了适应恶劣的生态,伊丽莎白人往往采取一种被动的消极顺应策略。

本书的另一个创新点则是对多门学科知识的综合性运用。除了勾勒完整的莎士比亚生态图景,本书同时也致力于打通自然科学与人文艺术的任督二脉。在以

[1] Glen A. Practical Ecocriticism: Literature, Biology, and the Environment[M]. Charlottesville, VA: University of Virginia Press, 2003: 37.

[2] Gregg Easterbrook. A Moment on the Earth: The Coming Age of Environmental Optimism[M]. London: Penguin Books, 1996.

[3] Scott Slovic. Going Away to Think: Engagement, Retreat, and Ecocritical Responsibility[M]. Reno and Las Vegas: University of Nevada Press, 2008: 45.

[4] Mark Twain. Life on the Mississippi[M]. New York: P.F. Collier and Son Corporation, 1917: 343.

[5] Ursula K. Heise. Sense of Place and Sense of Planet: The Environmental Imagination of the Global[M]. Oxford: Oxford University Press, 2008: 224.

生态气候学为主线的同时,也强调植物学、人类学及现代医学等跨学科知识的综合运用,以摸索出一条莎士比亚戏剧生态解读的有效途径。就文学现象而言,积极尝试自然科学的新理论、新发现,可以为传统文学批评所不能解决的诸多问题发现新的航线和通道,深化对作品、作家,乃至整个时代的认识与理解。

　　尽管道路坎坷,对人文和科学进行严肃的跨学科尝试,仍旧是文学生态批评未来必须处理的工作重点。许多学者早就强调生态批评跨学科研究之必要性。在论文集《后结构主义之后:跨学科性与文学理论》(*After Poststructuralism: Interdisciplinarity and Literary Theory*) 的前言部分,弗雷德里克·克鲁斯 (Frederic Crews)注意到,不少论文作者都在期盼着科学实证主义精神的回归:"我认为,这是科学为何在此领域显得如此重要的真正原因。问题的关键,并非要求批评家们将最新科学成果囫囵吞枣地应用于文学的解读,而是要求他们应该培养科学的警惕性,以防证据被篡改,推理出现谬误,和对反例的刻意漠视。"[1] 刘易斯·芒福德(Lewis Mumford)也论证了专业特长和生态学知识对受过良好教育的个人之重要性:"没有环境就没有生命体,正如没有生命体就没有环境一样。我从未建议对事物只作大而化之的笼统了解。我们必须先对一件事情进行深入研究,然后再涉足其他领域里的类似知识。但是,对不同领域的知识进行融会贯通,应该成为一种人生习惯。"[2]

---

[1]　Glen A. Practical Ecocriticism: Literature, Biology, and the Environment[M]. Charlottesville, VA: University of Virginia Press, 2003:47.

[2]　Glen A. Practical Ecocriticism: Literature, Biology, and the Environment[M]. Charlottesville, VA: University of Virginia Press, 2003:47.

第一章 小冰期："一个寒冷的世界"

第一节 冰与雪的主题

在历史剧《亨利五世》中，当福斯塔夫遭到众人抛弃，孤独地躺在病床上奄奄一息的时刻，伺候他的童儿来到酒馆，央求曾经的酒友们去给主人送点儿关怀和温暖。童儿特别央求了巴道夫，"把你那张脸放进被子里，给他做一个汤壶吧。"（第六卷:417）这句话除了谐谑巴道夫因醉酒而满脸涨红的丑态，也暗示潦倒落泊的福斯塔夫死在一个天气寒冷的日子里。喜剧《爱的徒劳》里有一首《冬之歌》，它的歌词是这样写的:

> 当一条条冰柱檐前悬吊，
>
> 汤姆把木块向屋内搬送，
>
> 牧童狄克呵着他的指爪，
>
> 挤来的牛乳凝结了一桶，
>
> 刺骨的寒气，泥泞的路途，
>
> 大眼睛的鸱鸮夜夜高呼:
>
> 哆呵!

（第一卷:528）

鲜奶从奶牛身上挤出，没等拎进屋里就出现凝结。在今天的英格兰地区，即便是在温度最低的寒冬时节，这种现象也是不会出现的。迈克尔·阿拉贝指出，《冬之歌》里的这些看似夸张的描写，恰恰正是伦敦市民们所面临的严酷生态的真实写照，并无玩笑或渲染成分。[1]

在创作于1610—1611年并极有可能是莎士比亚的最后一部作品的《暴风雨》中，普罗斯帕罗对精灵爱丽儿的厉声斥责，暗示的依旧是小冰期时代的残酷生态现

---

[1] See Michael Allaby. A Change in the Weather[M]. New York: Facts on File, 2004:87.

实。"你一定忘记了,而以为踏着海底的软泥,穿过凛冽的北风,在寒霜冻结的时候在地下水道中为我奔走,便算是了不得的辛苦了。"(第四卷:397)在普罗斯帕罗看来,这些奔波和辛劳都是些稀疏平常、算不上什么的事情。周遭环境长期如此,人们便见怪不怪、处之泰然了。

16世纪90年代,每逢冬季来临,伊丽莎白一世治下的大英帝国便遭遇严寒的肆虐。尤其是英格兰南部的海岸线和横贯首都的泰晤士河,更是被层层坚冰紧密封锁。英国约克大学现代史教授贝林格这样描述:"泰晤士河上的冰霜集市(The Frost Fairs on the Thames)在16至18世纪之间是闻名遐迩的。一旦冰层厚到可以承载足够重量,首都伦敦的生活就会转移至泰晤士河上,连同摊贩交易和冬季运动,甚至包括使用露天明火的小饭店。"[1]市民们喜欢在泰晤士河的冰面上溜冰、开派对,载着达官显贵的马车一辆接着一辆疾驰而过,而昔日通江达海的舰船,则全部被冻结于河中,只得望洋兴叹。[2]泰晤士河的冰面,或许给莎士比亚本人留下过深刻的印象。1598年12月28日的夜晚,大雪纷飞,天气异常寒冷,莎士比亚剧团成员在十几名工人的协助下,连夜拆除了位于肖迪奇区的旧戏院,并在天亮时分用马车将木料运送至河对岸的萨瑟克区,以修建扬名于后世的"环球剧场"。在如此寒冷的天气里,仅仅用了短短数小时,便完成如此巨大的拆迁及运输工作量,效率之高曾令格林布拉特困惑不已。[3]鉴于泰晤士河已经冻结多日,英国莎士比亚传记作家安东尼・伯吉斯(Anthony Burgess)猜测,实际上建材无需绕道伦敦桥,可能是直接经由冰面而抵达对岸的,"正如以色列人穿越红海,上帝是站在宫内大臣剧团一边的。"[4]

进入17世纪,寒冷天气依旧没有解除的迹象。伯吉斯曾在书中提及英国女王

[1] Wolfgangg Behringer. A Cultural History of Climate, trans. Patrick Camiller (Cambridge and Malden: Polity Press, 2010), 91; See also H. H. Lamb, Climate, History, and the Modern World, 2nd ed.[M]. New York: Routledge, 1995:230-231.

[2] See Michael Allaby. A Change in the Weather[M]. New York: Facts on File, 2004:91.

[3] See Stephen Greenblatt. Will in the World, How Shakespeare Became Shakespeare[M]. New York and London: W.W. Norton & Company, 2004:292.

[4] Anthony Burgess. Shakespeare[M]. New York: Alfred A. Knopf, 1970:167.

驾崩时的严寒天气:"宫中每个人都包裹在毛皮大衣里,几乎缩成了一团。"[1]另一本莎士比亚传记显示,在 1607 年 12 月 31 日,即莎士比亚弟弟埃德蒙(Edmund Shakespeare)下葬的那一天,"天气冷得叫人无法忍受。到了 12 月中旬,泰晤士河已经结上厚实的冰块,许多人从泰晤士河的冰面上抄近路,到了 12 月 30 日,到处都是穿越冰面过河的老百姓。"[2]静止不动的河面变成人们交易的场所,一座小型的帐篷之城在冰面上俨然形成,除了理发铺和饮食店,还有摔跤及足球比赛等娱乐场地。伦敦市民甚至在冰面上架起平底锅,燃烧木炭,以供路人取暖。[3]悲剧《科利奥兰纳斯》里马歇斯指责平民"比冰上的炭火、阳光中的雹点更不可靠。"(第五卷:338)喜剧《仲夏夜之梦》里也出现相似表达"炙热的冰,发烧的雪。"(第二卷:64)诸如此类的矛盾修辞所隐射的,即是隆冬时节帝国中枢的真实画面。

　　有趣的是,莎士比亚一生之中的许多关键时刻皆与寒冷有关。就在剧作家诞生的 1564 年,圣诞节前夕的一场严重霜冻使得英格兰的大小河流顿失滔滔。人们在冰封的泰晤士河上如履平川,嬉戏玩闹。[4] 18 年之后,莎士比亚举行婚礼的那天依旧寒冷异常。他的那份令人生疑的结婚登记,传闻又是在一个大冷天被副牧师的管家误作废纸焚烧,以资取暖之用。[5]而在莎士比亚投身戏剧创作的燃情岁月,他脚下的那片土地,更是屡屡遭受严寒肆虐。借用《驯悍记》里葛鲁米奥的一句台词,"外面是一个寒冷的世界。"[6]作为伊丽莎白时代的灵魂歌者,莎士比亚对寒冷这一重要气候特征是极为关注的。纵观其全部戏剧文本,寒冷意象和主题随处可见。下面将以时间先后顺序,历时性呈现莎士比亚喜剧《驯悍记》和《仲夏夜之梦》作品

---

[1]　Anthony Burgess. Shakespeare[M]. New York:Alfred A. Knopf,1970:204.

[2]　Peter Ackroyd. Shakespeare:The Biography[M]. New York:Anchor Books,2006,457.

[3]　William Shakespeare. Coriolanus,ed. Peter Holland[M]. London and New York:Arden Shakespeare,Third Series,2013:53-4.

[4]　Jonathan Bate. Soul of the Age:A Biography of the Mind of William Shakespeare[M]. New York:Random House,2009:53.

[5]　Peter Ackroyd. Shakespeare:The Biography[M]. New York:Anchor Books,2006:92-93.

[6]　引自威廉·莎士比亚《莎士比亚全集》(八卷本)第一卷第四幕第一景,朱生豪译,北京人民文学出版社 2010 年版,第 324 页。除特别指出外,后面所有莎士比亚戏剧的汉语译文均选自这个版本,仅以卷宗加页码的方式标识,如(第一卷:324),不再另注,亦不随文标出剧名的英文缩略语。

中的冰雪主题。

《驯悍记》属于莎士比亚早期创作的一部喜剧,大约写于1593年至1594年间。"名义上以意大利为背景,其实写的是莎士比亚故乡的风土人情。"可以说,离开寒冷,这部戏的情节便无法有效铺展开来。首先冷冰冰的天气是序幕中插科打诨的自然生态背景。小丑斯赖因为喝醉了酒,不慎打碎了酒店的杯子。他不仅不肯赔钱,反而高声辱骂女店主:"骚货,你还是钻进你那冰冷的被窝里去暖暖身子吧。"(第二卷:271)这句台词,既出现在《驯悍记》中,又出现在《李尔王》中。阿克罗伊德以此为例指出:"某些特殊句式在他的记忆中可以经年不忘。"[1]笔者试图更进一步,与其说莎士比亚喜欢重复使用一些词语或情景意象,不如说这些重复对剧作家本人或者观众而言具有一种特别含意。通过分析这些重复,或许可以发现隐藏其背后的时代风俗密码。"冰冷的被窝"这种表达为何重复出现?实际上是与当时天气的寒冷有着密切关系的。根据美国学者杰弗里·L.辛曼(Jeffrey L. Singman)的研究,在16世纪末期,英国只有最富裕的阶层才有财力把家中所有房间都安装上壁炉,普通人家往往只有一座灶台,卧室采暖则只能通过用泥质器皿盛放热煤的方式获得。不过,这种途径极易引起火灾。此外,当时木材价格比煤炭要贵,因此一般家庭只能选择后者。煤炭燃烧会产生难闻而有毒的气体,而当时房屋的通风条件普遍较差。[2]为了预防火灾和一氧化碳中毒,壁炉或灶台在夜间不留明火,这意味着冬天的夜晚又冷又黑。富人往往会定做特别的温暖睡衣,普通平民则只能凑合着单薄的内衣,蜷缩在冰冷的被窝里。[3]斯赖的这句骂人粗话,犹如一道冰冷的符咒,会令莎士比亚时代的英国人不寒而栗。

由于喝了太多的酒,还没骂上几句,很快斯赖便一头栽倒在酒店门口的地上熟睡了。他的这个动作十分喜剧,无疑会令台下观众捧腹。但紧接着,剧中人物的一句台词必然又会勾起他们心中的丝丝怜悯。他是这样解释的:"他(斯赖)要不是喝醉了酒,不会在这么冷的地上睡得这么熟的。"(第二卷:272)也就是说,斯赖的贪杯

[1] Peter Ackroyd. Shakespeare: The Biography[M]. New York: Anchor Books,2006:238.
[2] See Jeffrey L. Singman. Daily Life in Elizabethan England[M]. Westport,CT: Greenwood Press, 1995:81.
[3] Ibid.:56-57.

习气与当时的寒冷天气是密切相关的。虽然自诩是名门之后,但此时的斯赖已经沦落到穷困潦倒、无家可归的田地。为了能够在冰冷的大地上睡着,借助廉价的麦酒或许是唯一的便利途径。《驯悍记》序幕场景里的滑稽表演因为根植于时代的生态土壤而变得严肃深刻起来,它预示着整个剧本将是一出带着冷酷泪点的笑剧表演。

寒冷天气是斯赖酗酒的缘由之一,也是连结序幕和主体内容的黏合剂,更是理解《驯悍记》主要内容的线索。从自嘲"是一块冰"(第二卷:323)的仆人葛鲁米奥的不断抱怨声中,我们可以清楚看出当时的天气是异常寒冷的:"倘不是我小小壶儿容易热,等不到走到火炉旁边,我的嘴唇早已冻结在牙齿上,舌头冻结在上腭上,我那颗心也冻结在肚子里了。现在让我一面扇火,一面自己也烘烘暖吧,像这样的天气,比我再高大一点的人也要受寒的。"(第二卷:323)

严寒的力量所向披靡、不可战胜。降伏凯瑟丽娜的力量,与其说是彼特鲁乔,不如说是寒冷的天气。莎士比亚告诉观众,不管凯瑟丽娜的脾气是多么火爆,但在严寒面前,也得弯腰俯首。因为寒冷可以轻松征服"男人、女人、畜生,火性再大些也是抵抗不住的。"(第二卷:324)严寒使得凯瑟丽娜一路上"快要冻死了"(第二卷:324)。所以,当她从马背上翻滚到烂泥里,"从来不曾向别人求告过"(第二卷:325)的她就不得不放下骄傲的身段,苦苦哀求丈夫披特鲁乔的保护。在戏剧的结尾部分,凯瑟丽娜又以卫道士般的姿态劝说姐妹们好好扮演贤妻良母的角色,不要轻视一家之主。这种蔑视姿态没有丝毫可取之处,如同气象灾害一般令人讨厌,"就像严霜啮噬着草原,就像旋风摧残着蓓蕾。"(第二卷:356)

妻子一定要服从丈夫的权威,这是为什么呢?凯瑟丽娜紧密围绕着小冰期的生态特征进一步阐释:"他照顾着你,抚养着你,在海洋里陆地上辛苦操作,夜里冒着风浪,白天忍着寒冷。"(第二卷:356)一句话,在如此恶劣的环境里战天斗地,男人们的确不容易。而女人却可以"穿得暖暖地住在家里,享受着安全与舒适。"(第二卷:356)很明显,凯瑟丽娜再三提醒姐妹们要明白一个道理:女人的服从是小冰期环境下人类的最佳生存方案。这种服从使得夫妻双方的利益和福祉都得到了有效的保障。由于女人身体不够强壮,"我们的力量是软弱的,我们的软弱是无比的",(第二卷:357)女人无法摆脱男人独立自主地应对风浪和寒冷。但凭借着对男性权威的服从,女人可以因此而得到有效保护,得到一个温暖的家和温暖的被窝。总之,顺从可以使女人免除恶劣天气的一切烦扰。

最后值得注意的,是这部剧本里提到的一种树木——榛树。在《驯悍记》第二幕第一景中,彼特鲁乔假意恭维有些跛脚的凯瑟丽娜"像榛树的枝儿一样娉婷纤直。"(第二卷:305)这里的榛树英文名 the common hazel,学名 Corylus avellana,是一种矮小、纤细、柔韧的乔木,常生于树林灌木丛间,其婀娜多姿为当时人们所熟知。[1]榛树灌木丛筑成了英格兰低地田野、庄园的传统边界线。榛树还是当时民用建筑必不可少的原料,与黏土、家畜粪便、剁碎的干草等一起制成抹灰篱笆墙。

纵观莎士比亚笔下的女性人物,鲜有身体壮硕、个头高大者。因为营养摄取不足,小冰期时代的英国人乃至整个欧洲人,发育不良的比例较高,他们的个头普遍矮小。[2]彼特鲁乔用榛树枝儿暗示了凯瑟丽娜身材的瘦小。鲍西娅女侍尼莉莎的形象是又矮又矬(scrubbed)的。[3]《皆大欢喜》中的那个乔装成牧羊女的西莉娅,不仅皮肤黝黑而且身材矮小。[4]《仲夏夜之梦》一剧曾着力刻画发生在雅典城郊森林里的那场真心话大冒险:原先众星捧月的赫米娅因"生得矮小"(第二卷:47)而饱尝伙伴们的冷嘲热讽。她先是被昔日闺密海丽娜奚落为一个"小玩偶,"(第二卷:47)紧接着又被曾经的恋人拉山德骂作"侏儒"(dwarf)、"小珠子"(bead)、"橡籽儿"(acorn),是由"妨碍发育的两耳草"(hind 'ring knot-grass)做成的"超级小的东西"(minimus)。[5]这里的两耳草学名萹蓄,是一种野草,据说其汁液能妨碍动物或小儿的发育。[6]

1　比斯利.莎士比亚的花园[M].张娟,译.北京:商务印书馆,2017:85.

2　Geoffrey Parker. Global Crisis: War Climate Change and Catastrophe in the Seventeenth Century [M]. New Haven,CT: Yale University Press,2013:22.

3　William Shakespeare. The Merchant of Venice,ed. John Russell Brown,Second Series[M]. London and New York: Arden Shakespeare,1955:133.

4　原文:"the woman low, And browner than her brother." See William Shakespeare. As You Like It,ed. Juliet Dusinberre,Third Series[M]. London and New York: Arden Shakespeare,2006: 308.

5　William Shakespeare. A Midsummer Night's Dream,ed. Harold F. Brooks,Second Series[M]. London and New York: Arden Shakespeare,1979:78.

6　刘炳善.英汉双解莎士比亚大词典[M].郑州:河南人民出版社,2002:601.

温度是物种分布的主要限制因素之一。小冰期使得欧洲原有森林生态系统的结构和物种发生了显著的变化。托马斯·雪利（Thomas Shirley）在1651年出版的诗歌集里写有下列诗句："长满我阴森坟头的，是你仅有的，凄冷的柏树和悲伤的欧紫杉，因为如此不幸的土地，生不出欢欣的花朵。"[1]对于嗜温性物种而言，气温的降低无疑是一场灾难。坎贝尔和麦克安德鲁斯的研究发现，曾经遍布中世纪欧洲的喜温树种山毛榉，于15世纪后，相继被柏树、橡树、榛树和松树等耐寒性树种所取代。[2]因此，高大的橡树便自然成为莎士比亚笔下之亚登森林中最美丽的一道风景线："它的树干上满覆苍苔，高高的树冠也因年岁老化而光秃秃的失了风采。"[3]与此同时，不畏风霜的橡树，也就成为坚定不渝的象征。[4] 在《科利奥兰纳斯》的第五幕第二场，守卒乙如此夸赞马歇斯："我们的主将是个好汉；他是岩石，是风吹不折的橡树。"（第五卷：435）

对于莎士比亚时代的英国人，橡树还具有重要的现实生存意义。托马斯·诺斯在他翻译的普鲁塔克的《希腊罗马名人传》中指出，根据阿波罗神谕，古代阿卡迪亚人被称作"吃橡果的人"，人们还认为橡果是所有树木果实里最有益于健康的。在《雅典的泰门》第四幕第三场，泰门责骂闯入家门的一伙窃贼，众贼回答："我们不是偷儿，不过是些什么都没有的穷光蛋。"泰门不解："你们没有东西吃吗？为什么没有？瞧，地下生着各种草木的根；在这一哩以内，长着多少的山蔬野草；橡树上长着橡果，野蔷薇也长着一粒粒红色的果实；那慷慨的主妇，大自然，在每一棵植物上替你们安排好美食，你们还嫌没有东西吃吗？"（第四卷：154）橡果或橡子在当时欧洲人的生活中，具有相当重要的地位。在正常的情况下，橡果主要用来当作猪饲料。当发生粮食短缺时，人们就把橡果磨成粉充饥。托马斯·牛顿在《圣经中的植物》里谈到橡树和其他一些坚果类树木在某些年月曾经是人们活命的主粮。不过，

1　比斯利.莎士比亚的花园[M].张娟,译.北京:商务印书馆,2017:94.

2　Scott A Mandia. The Little Ice Age in Europe[M]. Sunysuffolk, accessed October 20, 2017, http://www2.sunysuffolk.edu/mandias/lia/little_ice_age.html.

3　《皆大欢喜》,第四幕,第三场,第103行。因朱生豪译本未突出橡树的特征,故该处使用的是李素杰的译文（盖基.莎士比亚的鸟[M].李素杰,译.北京:商务印书馆,2017:18）。

4　William Shakespeare. As You Like It, ed. Juliet Dusinberre, Third Series[M]. London and New York: Arden Shakespeare, 2006:192.

橡子的口感很差,令人难以下咽。情非得已之下,人们才会食用这种东西。后来英国产生了一句谚语:"在有小麦时吃橡果,纯属犯傻。"[1]

除了坚贞不渝,橡树还被赋予更多的价值判断。在《仲夏夜之梦》第二幕第一场,迫克描述,仙王夫妻之间的激烈争吵使得属下不知所措:"小妖们往往吓得胆战心慌,没命地钻向橡斗中间躲藏。"(第二卷:17)橡树的果实外壳叫橡斗,它呈优美的杯状。莎士比亚选择橡斗作为小妖们的藏身之所,这是对现实生态的一种完美再创造。

创作于 1595 年至 1596 年间的《仲夏夜之梦》[2],是正当壮年的莎士比亚为庆祝南安普顿的寡母南安普顿伯爵夫人玛丽与托马斯·赫尼奇爵士喜结良缘而呈献的奇妙杰作。围绕仲夏之夜的各种奇异传说,对于一般英国民众而言,是相当稔熟的,故这个题目本身就颇富于诱惑。仲夏夜、森林中,这充满魅力和魔力的时间与地点上发生的梦幻经历,激发无数后世音乐家与舞美师们的创作灵感。美中不足的是,在描写"一个阿卡迪亚似的、风景宜人的男欢女爱的甜美世界"[3]的同时,剧本对现实生态世界的影射,却尚未引起学界的足够重视。

莎士比亚在《仲夏夜之梦》的开始部分就巧妙地进行遣词造句,为整个剧本事先铺垫一层冷峻的生态底色。在第一幕第一场的几行对白里,他接连使用"barren""cold""fruitless""withering""single"这几个单词,与该场结尾使用的"sickness""starve""hail"这三个词汇,以及即将上场的人物斯塔佛林("Starveling"),再加上"storm"一词,凸显了天气环境的恶劣。这些词语的选用和意象的塑造与当时英国

---

[1]　比斯利.莎士比亚的花园[M].张娟,译.北京:商务印书馆,2017:171-173.

[2]　关于《仲夏夜之梦》的具体创作时间,众说纷纭。这里采取由哈罗德·布鲁克斯主编的阿登版《仲夏夜之梦》中的观点。See William Shakespeare. A Midsummer Night's Dream, ed. Harold F. Brooks, Second Series[M]. London and New York: Arden Shakespeare, 1979.

[3]　罗益民.天鹅最美一支歌:莎士比亚其人其剧其诗[M].北京:科学出版社,2016:6-7.

年年遭遇歉收的严峻现实是完全一一对应的。[1] 1594 年英格兰的夏天具有小冰期气候的典型特征。关于这一年，与莎士比亚同时代的星象家西蒙·福曼（Simon Forman）是如此记载的："六月七月天气很潮湿，奇冷无比，犹如冬日，时至七月十日，天气依旧寒冷异常，很多人需要围绕火炉而坐；五月六月也是如此……整个夏天，洪水泛滥成灾，米迦勒节（九月 29 日）前后，豪雨又突然从天而降。"[2]

在《仲夏夜之梦》的第二幕里，莎士比亚更加详细地描述了小冰期气候给人类生活带来的灾难性后果。仙后提泰妮娅指责丈夫奥布朗，其错误行径引起风神和月神的愤怒，导致天时变异，夏行冬令，风雾为灾：

> 牛儿白白牵着轭，农夫枉费了他的血汗，青青的嫩禾还没有长上芒须便腐烂了；空了的羊栏露出在一片汪洋的田中，乌鸦饱啖着瘟死了的羊群的尸体；跳舞作乐的草泥板上满是湿泥，杂草乱生的曲径因为没有人行走，已经无法辨认。人们在五月天要穿冬季的衣服……天时不正，季候也反了常：白头的寒霜倾倒在红颜的蔷薇的怀里，年迈的冬神却在薄薄的冰冠上嘲讽似的缀上了夏天芬芳的蓓蕾的花环。春季、夏季、丰收的秋季、暴怒的冬季，都改换了他们素来的装束，惊愕的世界不能再凭着他们的出产辨别出谁是谁来。（第二卷:19）

透过这段台词，读者已经能够初步感知 1594 年的那个夏天是多么的糟糕透

---

[1] To live a barren sister all your life, Chanting faint hymns to the cold fruitless moon.
Thrice blessed they that master so their blood
To undergo such maiden pilgrimage;
But earthlier happy is the rose distill'd
Than that which, withering on the virgin thorn,
Grows, lives, and dies, in single blessedness. (Act 1, Sc1:72-78)
这里的 cold 一词比喻"没有性生活，缺乏肉欲热度"；fruitless 表示"不育、没有子嗣"；moon 代表贞洁的守护女神戴安娜；single blessedness 除表示获得了戴安娜护佑的独身，single 也有"虚弱、衰弱"的含意。See William Shakespeare. A Midsummer Night's Dream, ed. Harold F. Brooks, Second Series [M]. London and New York: Arden Shakespeare, 1979, 10; 16-19.

[2] William Shakespeare. A Midsummer Night's Dream, ed. Harold F. Brooks, Second Series [M]. London and New York: Arden Shakespeare, 1979.

顶。在早期现代英格兰，夏天和秋天的强降雨最令人担忧。雨水过度造成谷物特别是小麦，尚未等到收获季节就全部霉烂在田地里。夏季雨水对牲畜的影响有利有弊。一方面，雨水充分有利于牧草成长，使青草饲料得以增加。但另一方面，温暖、潮湿的空气环境极易滋生肝吸虫病菌，这种传染病会导致羊群的集体死亡。[1] 而针对大型哺乳动物研究则表明，"极端的气候虽然不独立地影响种群密度，但可能影响其幼体在冬季的存活数。"[2] 事实上，1594年度的反常气候并非英国一国独有，许多与莎士比亚同时代的欧洲人都亲眼目睹并记录周边所发生的一切。在德国，几位路德派牧师集体创作圣歌，指责老天爷"阻挡阳光，降落暴雨。"[3] 灾难性的景象甚至也出现在远隔千山万水之遥的东亚。在呈献给万历皇帝的奏疏中，礼科给事中杨东明精确描述了1593年五月小麦将熟之际发生在淮河中下游地区的那场洪灾："忽经大雨数旬，平地水深三尺，麦禾既已朽烂，秋苗亦复残伤……沃野变为江湖，陆地通行舟楫，水天无际，雨树含愁。"[4]

在《仲夏夜之梦》接下来的剧情里，依然不乏寒冷的意象。睡眠在林中"寒冷的地上"（第二卷：51）的狄米特律斯，中了紫色花朵"爱懒花"（三色堇）的魔法，苏醒过来，便爱上映入他眼帘的第一个生物——原先弃之如敝屣的海丽娜，并热情地赞美对方："啊，海伦！完美的女神！圣洁的仙子！我要用什么来比并你的秀眼呢，我的爱人？水晶是太昏暗了。啊，你的嘴唇，那吻人的樱桃，瞧上去是多么成熟，多么诱人！你一举起你那洁白的妙手，被东风吹着的陶洛斯高山上的积雪，就显得像乌鸦那么黯黑了。"（第二卷：42）在莎士比亚的全部作品中，樱桃作为一种食物，仅在《约翰王》一剧里略微提及，并且地点不在英国，而是在法国的安及尔斯城。[5] 根据史料记载，早年英国并无樱桃种植，普通英国人对其也是相当陌生的。直到16世纪

1　Andrew B. Appleby. Famine in Tudor and Stuart England [M]. Stanford：Stanford University Press, 1978：11.

2　王连喜.生态气象学导论[M].北京：气象出版社, 2010：158.

3　Geoffrey Parker. Global Crisis：War Climate Change and Catastrophe in the Seventeenth Century [M]. New Haven, CT：Yale University Press, 2013：112.

4　牛建强.明万历二十年代初河南的自然灾伤与政府救济[J].史学月刊, 2006(1)：84-97.

5　廉斯丹丝带着讥讽的语气让儿子亚瑟把王国送给祖母，称祖母会赏给他"一颗梅子、一粒樱桃和一枚无花果。"（第六卷：19）和王国相比，樱桃、梅子、无花果等水果代表了一种微不足道的东西。

英王亨利八世在佛兰德斯初尝该物,于是命人在英格兰南部肯特郡的一处庄园里尝试移植栽培,英国本土方才出产这种水果。[1]皇家的樱桃园得到精心的呵护,它的土壤排水良好,有专门的遮盖物,使其免遭不良气候的影响。[2]但樱桃的抗寒力弱,骤雨会给挂果带来很多问题。持续降雨、"反季节"的寒冷天气会重创樱桃的收成。此外,还有授粉传播以及灭除"花中蛀虫"(第二卷:46)的问题。樱桃一旦克服天气的重重考验,最终发育成熟,自然就特别诱人。因此,对于当时的英国人来说,季节短暂的樱桃是很少有人可以一饱口福的稀罕之物。用这种东西来指代女神的嘴唇,彰显她的艳丽与娇贵,是非常恰当的。

　与樱桃相比,高山上的白雪则是小冰期时代人们最常见的一道自然景观。陶洛斯山上的积雪,在作为《仲夏夜之梦》来源的古罗马悲剧作家塞内加的剧本里,原本是处在一片消融分解、水滴四处横流状态之中的,但莎士比亚在这里却改变画风,借助东风,平添一道刺骨寒意。[3]这样的描写与当时的自然现实也更加契合。狄米特律斯无法明白,到底是何种力量使他对赫米娅的爱情"像霜雪一样溶解。"(第二卷:58)使冰雪融化并不容易,剧中依靠的是超自然的力量——仙王奥伯朗的魔法,方能产生这样的和谐效果。但对于现实世界,当代研究已经证实了这样一个生态学原理:"在1560年之后,随着欧洲气温的急剧下降和潮湿夏季的来临,山岳冰盖的推进区域远远超过了当代的范围。"[4]1599—1600年的欧洲正为阿尔卑斯冰川空前绝后的发展速度苦恼不已。不少村庄的屋舍被前进的冰川摧毁,变成了无法居住的荒村野地。[5]

---

[1]　"Cherry," Wikipedia, last modified October 8, 2017, https://en.wikipedia.org/wiki/Cherry.

[2]　Francine Raymond. A Cherry Orchard Belonging to a past Time[M]. The Telegraph, July 11, 2012, accessed October 20, 2017.
http://www.telegraph.co.uk/gardening/9393001/A-cherry-orchard-belonging-to-a-past-time.html.

[3]　William Shakespeare. A Midsummer Night's Dream, ed. Harold F. Brooks, Second Series[M]. London and New York: Arden Shakespeare, 1979:69.

[4]　Brian Fagan. The Little Ice Age: How Climate Made History, 1300—1850[M]. New York: Basic Books, 2000:86.

[5]　Ibid.:89.

第二节　酗酒习俗

1560年至1600年期间,寒冷气候导致欧洲部分地区的葡萄酒产量下跌、糖分降低、价格飙升。[1]正是在这样一个寒冷的历史语境中,现代意义上的啤酒诞生了。[2]为奥菲利亚开凿墓穴的小丑长期与死神为伍早已麻木,一面抛耍头颅,一面和搭档逗乐,更不忘嘱咐对方去"老约翰"酒店端一杯酒。显然,酒店离墓地应该不远,换言之,酒馆在《哈姆雷特》创作时期早已遍布伦敦的大街小巷。雨后春笋般涌现的大小酒馆时新、温暖而舒适,迅速取代阴冷空旷的教堂,成为莎士比亚时代普罗大众社交的首选之地。[3]文人骚客也常年混迹其间,流连忘返。[4]据说当时剧作家们一起工作的方式就是在舞台上争论,甚至大打出手,然后饮酒和解,这本身就是喜剧或喜剧的延续。

在《暴风雨》中,一艘小船在茫茫大海上因暴风雨触礁失事。如同笛福的《鲁宾孙漂流记》情节,以普洛斯彼罗为首的乘员飘落到一座海岛上,在那里建立了一个梦幻般的迷你王国,对土著凯列班实施殖民统治,命他干些背柴负薪的体力活,这让原本无拘无束的凯列班的内心充满了怨恨:"愿太阳从一切沼泽、平原上吸起来的瘴气都降在普洛斯彼罗身上,让他的全身没有一处不生恶病!"(全集4:419)英国医学昆虫学教授保罗·赖特认为该剧中出现的一个词汇"ague"与现代流行病学

1　Brian Fagan. The Little Ice Age: How Climate Made History, 1300—1850[M]. New York: Basic Books, 2000:90.

2　啤酒的普及也与啤酒制作技术的改进有关。中世纪英国的啤酒不加酒花,由发酵的麦芽、水和香料制作而成,这种酒被称为"麦芽酒"(ale)。啤酒花于16世纪初引进英国,加了啤酒花的酒被称为"beer",是近现代意义上的啤酒。啤酒花使麦芽的出酒率大大提高,结果使得啤酒的价格大大下跌,啤酒成为普通人,包括雇佣工人都享受得起的大众消费品。详见向荣.啤酒馆问题与近代早期英国文化和价值观念的冲突[J].世界历史,2005(5):23-32.

3　酒馆取代教堂成为社交中心也与当时风生水起的宗教改革运动有关,宗教改革人士明令禁止原先在教堂举行的公共麦酒日、守夜及狂欢等娱乐活动,并用栅栏把教堂圈围起来,以示神圣与世俗有别(See Paul Griffiths. Youth and Authority: Formative Experiences in England, 1560—1640[M]. Oxford: Clarendon Press, 1996:188)。

4　当时主要戏剧作家克里斯托弗·马洛、托马斯·沃森、托马斯·洛奇、托马斯·纳什和罗伯特·格林等人时常在剧院附近的酒店里一起饮酒聚餐(See Stephen Greenblatt, Will in the World, How Shakespeare Became Shakespeare[M]. New York and London: W. W. Norton & Company, 2004:200)。

中的"疟疾"(malaria)相对应,它在其它的莎士比亚剧本中也屡屡出现。[1]这说明,疟疾已经浸透在伊丽莎白人的日常话语之中,变成一个隐喻,如同现代人对癌症那样充满恐惧和误读。现代医学研究已经证实,疟疾在伊丽莎白时代的确是一个真切的现实问题:在小冰期的巅峰期——除了广为人知的黑死病,疟疾也是英格兰地区死亡率高居不下的重要原因,与严寒直接相关。[2]直到19世纪,随着全球气候的逐渐变暖,其传播趋势方才减缓。[3]疟疾这个术语在此之后方才渐渐退出人们的常用词汇表。

野性丑陋的凯列班虽属化外之民,却也有朴素的反抗殖民本能。在他的眼中,世间最可怕的还不是日常生活中的瘴气,而是奴役他的被他惧为神秘"精灵"的人类。一见到膳夫斯丹法诺,凯列班就胆战心惊,浑身抖若筛糠。前者甚至误以为后者感染了疟疾:"他现在寒热发作,胡话三千。他可以尝一尝我瓶里的酒。要是他从来不曾沾过一滴酒,那很可以把他完全医好……张开嘴来,这会把你的战抖完完全全驱走……即使医好他需要我全瓶的酒,我也要给他出一下力。"(第四卷:421-422)

值得注意的是,斯丹法诺用红酒来医治凯列班的"疟疾"这一情节并非作家子虚乌有的搞笑安排。在早期现代时期,红酒加鸦片是作为一个通用的处方,用于治

[1] See Paul Reiter. From Shakespeare to Defoe: Malaria in England in the Little Ice Age[J]. Emerging Infectious Diseases 6, no. 1 (2000):3.据笔者统计,莎士比亚在多达12部的作品中都有提及这一疾病。出现"疟疾"一词的作品具体是:戏剧《亨利四世上篇》(3.1.66),(4.1.113);《亨利八世》(1.1.4);《裘里斯·凯撒》(2.2.113);《约翰王》(3.4.85);《李尔王》(4.6.90);《理查二世》(2.1.116);《麦克白》(5.5.4);《威尼斯商人》(1,1,23);《暴风雨》(2.2.38),(2.2.44),(2.2.62);《雅典的泰门》(4.3.136);《特洛伊罗斯与克瑞西达》(3.3.233);长诗《维纳斯及阿多尼斯》(739)。

[2] 英格兰地区有五种蚊子可以传播疟疾,它们喜欢聚集在河流入海处的苦咸水地带。由于三角湾里的咸性淤泥中存在着一种厌氧细菌群,会不时产生浓烈的硫磺气体,当时人们误以为是盐沼地区疟疾盛行的元凶。例如莎士比亚笔下"有损健康的沼泽"。See Scott A Mandia, "The Little Ice Age in Europe," Sunysuffolk, accessed October 20, 2017, http://www2.sunysuffolk.edu/mandias/lia/little_ice_age.html.

[3] See Paul Reiter. From Shakespeare to Defoe: Malaria in England in the Little Ice Age[J]. Emerging Infectious Diseases 6, no. 1 (2000):3.

疗疟疾的早期发作。[1]不仅如此,在当时人的眼中,酒似乎可以用来包治百病。莎士比亚的女婿约翰·豪曾在行医日志中夸口:自己用啤酒治好了北安普顿伯爵夫人的昏厥和溃疡,如此云云。[2]

除了治病,酒在伊丽莎白人的心中还能滋生更多的想象,它可以决定男人的气质、勇气、智商甚至生育。约翰·福斯塔夫爵士公然宣称:"不苟言笑的孩子们(也就是不喝酒的人,笔者注)从来不会有什么出息;因为淡而无味的饮料冷却了他们的血液,他们平常吃的无非是些鱼类,所以他们都害着一种贫血症;要是他们结起婚来,也只会生下一些女孩子。他们大多是愚人和懦夫;倘不是因为有什么东西燃烧我们的血液,我们中间有些人也免不了要跟他们一样。"(第六卷:361)

在男权占支配地位的莎士比亚时代,能不能生育出男嗣,对于任何一个家庭而言都绝非小事,无需赘言。生儿生女竟由葡萄酒来决定,想必酒是福斯塔夫的送子观音无疑。除了喝酒,福斯塔夫还爱同酒馆里的女人打情骂俏,染得一身梅毒大疮,贪生怕死却又能面不改色地自吹自擂。他的一言一行总充满笑料,让人忍俊不禁,像希腊神话中醉醺醺的森林之神西勒诺斯,又像拉伯雷笔下胆小机智的巴汝奇。美国新历史主义开山师祖斯蒂芬·格林布拉特称其为"莎士比亚对酗酒最伟大的表现。"[3]我们且欣赏一下福斯塔夫式的饮酒赋:

> 一杯上好的白葡萄酒有两重的作用。它升上头脑,把包围在头脑四周的一切愚蠢沉闷混浊的乌烟瘴气一起驱散,使它变得敏悟机灵,才思奋发,充满了活泼热烈而有趣的意象,把这种意象形之唇舌,便是绝妙的辞锋。好白葡萄酒的第二重作用,就是使血液温暖:一个人的血液本来是冰冷而静止的,他的肝脏显着苍白的颜色,那正是屏弱和怯懦的标记;可是白葡萄酒会使血液发生

---

[1] Paul Reiter. From Shakespeare to Defoe: Malaria in England in the Little Ice Age[J]. Emerging Infectious Diseases 6, no. 1 (2000):3.

[2] See Richard Wilson. 6: Observations on English Bodies: Licensing Maternity in Shakespeare's Late Plays[J]. in Enclosure Acts: Sexuality, Property, and Culture in Early Modern England, ed. Richard Burt and John Michael Archer (Ithaca, NY: Cornell University Press, 1994:121.

[3] Stephen Greenblatt. Will in the World, How Shakespeare Became Shakespeare[M]. New York and London: W.W. Norton & Company, 2004:69.

热力,使它从内部畅流到全身各处。它会叫一个人的脸上发出光来,那就像一把烽火一样,通知他全身这一个小小的王国里的所有人民武装起来。

(第六卷:361)

可见,酒对福斯塔夫而言具有双重的意义。生理上,正是天气的寒冷,使得血液冰凉,流动迟缓,身体被一股所谓的愚顽"湿气"压抑,需要酒来解救。在社交方面,酒又可以让人滔滔不绝,妙语连连,广结善缘。值得一提的是,让福斯塔夫喜欢的白葡萄酒(Sherry-Sack)学名萨克(Sack or Seek),是现代雪利酒(Sherry)的前身,产自葡萄牙、西班牙或加纳利群岛,在当时属顶级酒类消费品。[1]因气温寒冷、暴雨频繁、葡萄收获时间延迟,糖分降低,价格也因此飙升,其不菲的价格自然不是寻常百姓所能问津的。[2]《驯悍记》里的斯赖坦承:"我从来不曾喝过什么白葡萄酒黑葡萄酒。"(第二卷:275)斯赖开怀畅饮的东西叫"淡麦酒,"也就是淡啤酒,也就是受到《亨利五世》里的法军元帅所嘲讽的"大麦汤",是"那种给累垮了的驽马当药喝的东西。"(第六卷:444)淡啤酒才是当时英国普通民众消费得起的东西。作为一种身份地位的象征,葡萄酒获得福斯塔夫的热情讴歌也就不足为奇了:"所以武艺要是没有酒,就不算一回事,因为它是靠着酒力才会发挥它的威风的;学问不过是一堆被魔鬼看守着的黄金,只有好酒才可以给它学位,把它拿出来公之人世。"(第六卷:361-362)个人的能力发挥,离开酒的刺激就无法实现,萨克酒在福斯塔夫眼中,

---

[1]　在中古暖期(900—1300),英格兰南部地区曾经广泛种植葡萄。根据十一世纪晚期的英国"末日审判"全国大普查,该地区有 46 处葡萄园,跨越东安哥利亚到今天的萨默塞特。英王亨利八世登基时,英格兰和威尔士尚有 139 处大型葡萄园。兰姆(1995)的研究表明,当时英格兰中部到南部均布满葡萄园,葡萄酒产量高,品质好,深受法国贵族青睐,对法国同行业者造成巨大的竞争压力,后者想方设法,将英格兰产葡萄酒排除于欧陆之外。但小冰期巅峰期的到来结束了这场战争。随着 15 世纪气温下降,英格兰的葡萄种植业逐渐衰落凋零。最终,英国成为葡萄酒纯进口国(See Tim Unwin. Wine and the Vine: An Historical Geography of Viticulture and the Wine Trade[M]. London: Routledge,1996,222; Scott A Mandia, "The Little Ice Age in Europe," Sunysuffolk,accessed October 20,2017. http://www2.sunysuffolk.edu/mandias/lia/little_ice_age.html; 113;费根.漫长的夏天:气候如何改变人类文明[M].黄煜文,译.台北:麦田.城邦,2006:258.)。

[2]　See Brian Fagan. The Little Ice Age: How Climate Made History,1300—1850[M]. New York: Basic Books,2000:90.

简直与荷马吁请的能赐予诗人灵感的缪斯女神无异。福斯塔夫最后干脆把喝雪利酒上升到人生哲理的高度:"要是我有一千个儿子,我所要教训他们的第一条合乎人情的原则,就是戒绝一切没有味道的淡酒,把白葡萄酒作为他们终身的嗜好。"(第六卷:362)萨克酒在这里已经脱离的物质范畴,具有形而上学的意义。

在海外殖民活动中,葡萄酒还是西方强势文明的象征,令土著居民凯列班啧啧称奇、膜拜不已。在他纯朴的心中,斯丹法诺带来的东西,是他今生此前从未品尝过的"仙水"或"琼浆玉液"。有趣的是,凯列班不甚酒力,几口黄汤就让他晕头转向,把"无赖的醉汉"斯丹法诺看作是从"天上掉下来的",是来自月亮的神仙,"我的女主人曾经指点给我看您和您的狗和您的柴枝。"(第四卷:423)如同传说中纯朴的北美印第安人用整个曼哈顿岛换来欧洲殖民者手中的一小把廉价玻璃球,醉酒的凯列班匍匐在斯丹法诺的脚下,发誓要做他"衷心的仆人"(第四卷:423),并主动献上岛上的泉水、浆果、野苹果、落花生、樫鸟的窝、小猢狲、榛果、海鸟及鱼类等一切足以维持生计的天然资源。斯丹法诺也大言不惭地宣称自己对该岛拥有主权,"这地方归我们所有了。"(第四卷:424)

斯蒂芬·埃斯特赖歇宣称:"葡萄酒是西方文明的一块基石。葡萄酒的故事也就是宗教、医药、科学、战争、发现与梦想的故事。"[1]格林布拉特说:"在莎士比亚的笔下,酗酒往往是和小丑、丑角、失败者以及国王联系在一起的。"[2]笔者则认为,酒在成为芸芸众生的杯中之物同时,也塑造了伊丽莎白人不分男女老幼,全民豪饮的国民性格。[3]酒不仅仅是莎士比亚表现喜剧人物形象的一个有力工具,福斯塔夫们更代表着伊丽莎白时代,活跃于普罗大众之中的一种神秘的嗜酒精神本源力量。读者不妨称之为尼采生命哲学中所定义的酒神狄奥尼索斯精神,与强调冷静理性

---

[1]　Stefan K. Estreicher. Wine: From Neolithic Times to the 21st Century[M]. New York: Algora, 2006:1.

[2]　Stephen Greenblatt. Will in the World, How Shakespeare Became Shakespeare[M]. New York and London: W.W. Norton & Company, 2004:68.

[3]　笔者推算,当时的啤酒消耗量惊人,人均每天一瓶(See also William Shakespeare. The Norton Shakespeare: Based on the Oxford Edition, ed. Stephen Greenblatt, Walter Cohen, Jean E. Howard, and Katharine Eisaman Maus[M]. New York and London: W.W. Norton & Company, 2004: 3)。

的日神阿波罗精神迥然相异。这种集体无意识具有跨越莎士比亚创作年代和作品历史时空的强大活力。一个多世纪后,就连一向以倡导理性、节制著称的新古典主义者塞缪尔·约翰逊也不得不承认:"世间人类所创造的万物,哪一项比得上酒馆能给人们带来的无限幸福?"[1]

需要说明的是,肇始于小冰期的嗜酒习俗尽管对英国社会文化产生了巨大的影响,但并非所有的伊丽莎白人都对饮酒敞开胸怀,采取欢迎的态度。清教作家菲利普·斯塔布斯在《论醉酒》里警告:"这是一种可怕的恶习,在英格兰泛滥成灾"。他又指出:"每一个地区、城市、市镇、村庄和其他地点都充斥着啤酒馆、酒店和客栈,无论黑夜和白天,都酒徒爆满,场面令人惊愕。"[2]翻阅英国十六、十七世纪的历史文献,也不难发现当时官方对酗酒及以啤酒馆所持有的反对态度。莎士比亚逝世那年,詹姆士一世公开抱怨该国"啤酒馆泛滥",斥责它们是"堕落的流浪汉、无业游民和身强力壮的懒汉的出没之处和栖身之地",他下令"关闭所有有恶名的啤酒馆"。[3]实际上,在整个职业生涯中,莎士比亚从来没有停止思索酗酒这个问题。[4]早年那个与他亦敌亦友,名叫罗伯特·格林的大学才子,就曾以酗酒和暴食暴饮而臭名昭著,纵酒无度使他腹部肿胀,变成"浮肿的活样本。"[5]从个人家庭历史上来看,酿造并贩卖麦芽酒曾是莎士比亚家庭早年经营的多项业务之一。麦芽酒在当时被视为斯特拉福镇的地方特产之一,从事这个行业的不下67家。[6]酗酒可能是导致父

1　James Boswell. The Life of Samuel Johnson, LL. D: Including a Journal of His Tour to the Hebri-des[M]. London: Derby and Jackson, 1858:305.

2　Frederick J. Furnivall, ed., Phillip Stubbes's Anatomy of Abuses in England in Shakespeare's Youth, A.D. 1583; Part II: The Display of Corruptions Requiring Reformation[M]. London: Trubner, 1877:107.

3　Johann P. Sommerville, ed., King James VI and I: Political Writings[M]. London: Cambridge U-niversity Press, 1994:224-5.

4　Stephen Greenblatt. Will in the World, How Shakespeare Became Shakespeare[M]. New York and London: W.W. Norton & Company, 2004:67.

5　Ibid.: 205.

6　Jeanne Jones. Family Life in Shakespeare's England: Stratford-upon-Avon 1570-1630[M]. Stroud: Sutton Pub, 1996:33.

亲约翰·莎士比亚中年破产的一个重要因素。[1]就连剧作家的死因，据说也与暴饮暴食有关。约翰·沃德牧师在日记中提到莎士比亚和友人迈克尔·德雷顿及本·琼生于 1616 年四月举行的一次欢宴，"莎士比亚大啖腌渍鲱鱼并痛饮莱茵白葡萄酒。他大汗不止，伤风着凉，不久便与世长辞。"[2]

躺在冰冷大地上睡熟的醉汉斯赖，被过往的贵族轻蔑地骂作"蠢东西。""他躺在那儿多么像一头猪！一个人死了以后，那样子也不过这样难看！"（第二卷：272）在这里，贵族厌恶酗酒的态度是显而易见的。类似的，哈姆雷特也曾表达对酗酒的憎恶："这一种酗酒纵乐的风俗，使我们在东西各国受到许多非议；他们称我们为酒徒醉汉，用下流的污名加在我们头上，使我们各项伟大的成就都因此而大为减色。"（第三卷：104）对于冒着严寒前来剧场，或站或坐的那些嗜酒如命的伊丽莎白观众，不难想象，当他们听到舞台上发出这样的劝酒箴言时内心会产生什么样的震颤。

不过，酒馆的存在，对于莎士比亚的创作，至少是大有裨益的。格林布拉特指出，"相对而言，莎士比亚的创作极少受斯宾塞、邓恩、培根或雷利等同辈伟大作家的影响；若论哪些健在的作家对他产生的影响最大，当数他刚到伦敦时在剧院附近的破烂酒店中遇到的那些人。"[3]或许，面对严酷的生存环境，只有酒才能让人们暂时忘却饥饿和寒冷。酗酒固然不对，但从现实考虑，对酗酒者进行过多的道德指责，也就意味着对整个伊丽莎白国民身份的否定。

莎士比亚隐约意识到酗酒问题的复杂性，在表达厌恶之情的同时，他又为"由酗酒产生的有趣的愚蠢、活力充沛的逗趣、友好的胡言乱语、对礼节的漠视、洞察力的闪现和对世间烦扰奇迹般的抹消而着迷……即便在刻画有可能造成的灾难性后

---

[1] 莎士比亚父亲自 1556 年任镇啤酒品鉴员，他被描绘成一个"满面红光的老头"，极有可能是酗酒的缘故，See Stephen Greenblatt, Will in the World, How Shakespeare Became Shakespeare [M]. New York and London：W.W. Norton & Company, 2004：67.

[2] Anthony Burgess. Shakespeare [M]. New York：Alfred A. Knopf, 1970：259.

[3] Stephen Greenblatt. Will in the World, How Shakespeare Became Shakespeare [M]. New York and London：W.W. Norton & Company, 2004：207.

果时,莎士比亚也从未显出禁酒者的腔调。"[1]

第三节　冬季忧郁症

英国知名历史学家劳伦斯·斯通(Lawrence Stone)指出:"一个容易为人忽视的有关早期现代生活的事实是,在当时,只有相对较少部分的成年人是既健康又有吸引力的,大部分男女的身上都是又脏又臭的。男女两性都遭受长期疾病的困扰。"[2]在各种疾病中,与小冰期气候直接相关的便是所谓的冬季忧郁症。在莎士比亚创作《哈姆雷特》的时候,有位名叫提摩西·布莱特(Timothy Bright)的人出了一本关于忧郁症的专著——《论忧郁》(A Treatise of Melancholie)。这本书颇受读者欢迎,曾在1586年及1612年先后出了三个版本,莎士比亚极有可能也是它的读者之一。[3]可见,忧郁症在当时已经引起了足够的社会关注。莎士比亚戏剧里的忧郁症患者人数众多。有学者曾经作过统计,莎士比亚戏剧中直接出现忧郁症这个名词的地方高达72处。[4]

《驯悍记》戏中戏里的斯赖老爷被说成是得了忧郁症;《威尼斯商人》里的商人安东尼奥是闷闷不乐的;哈姆雷特王子更是典型的忧郁症患者。在《泰尔亲王配力克里斯》里,配力克里斯向大臣倾诉了自己的忧郁:"为什么我的思想变得这样阴沉,眼光迷惘的忧郁做了我的悲哀的伴侣、长期的宾客,在白昼光荣的行程中,在埋葬了忧愁的平和的黑夜中,没有一小时能够使我得到安宁?各种娱乐陈列在我的眼前,我的眼睛却避过它们。"(第四卷:304)当配力克里斯以为女儿已经去世后,变得更加忧伤不已。他连续在大海上漂泊了三个月,"不曾对什么人讲过一句话,虽然

---

[1] Stephen Greenblatt. Will in the World, How Shakespeare Became Shakespeare[M]. New York and London: W.W. Norton & Company, 2004:38.

[2] Lawrence Stone. The Family, Sex and Marriage in England: 1500—1800[M]. New York: Harper and Row, 1977:486.

[3] 理查德·洛林(Richard Loening)早在1894年就在一篇论文中论证了哈姆雷特罹患忧郁症,他在文中同时指出,莎士比亚的《哈姆雷特》创作明显受到布莱特《论忧郁》的影响(See Mary Isabelle O'Sullivan. Hamlet and Dr. Timothy Bright[J]. PMLA 41, no. 3 (1926): 670).

[4] Bridget J. Gellert. Three Literary Treatments of Melancholy Marston, Shakespeare and Burton[M]. Ph.D.diss., Columbia University, 1967:145.

勉强进一点饮食,也不过是为了延续他的悲哀。"(第四卷:369)

《无事生非》中的唐·约翰公开承认自己的烦闷是"茫无涯际的。"(第一卷:350)莎士比亚笔下最著名的忧郁症患者可能是哈姆雷特。奥菲利娅告诉观众,哈姆雷特是这个样子的:"哈姆雷特王子,里衫没扣,帽子也没戴,袜子也脏了,吊带也没系,像脚镣一般堆在踝骨上;他的脸和衬衫一样的白;他的膝盖互相敲着;脸上一副的可怜相,好像从地狱里放出来说可怕的事似的。"这里的描写和当时医学典籍里关于忧郁症的描写几乎是一致的。

围绕忧郁的产生原因,当时主要有两种理论,一是所谓的体液学,二是流行的星相学。布莱特是医生也是牧师,时常有人因身体或精神上的各种问题求教于他,这些苦恼的人群中更是不乏许多忧郁症患者。《论忧郁》一书的写作初衷就是为一个简称为 M 的忧郁症病友提供建言。《驯悍记》里的医生说忧郁是由"思虑过度,血液凝滞"而造成的,并警告"忧郁会助长疯狂。"(第二卷:279)《错误的戏剧》里的女修道院院长则认为:"一个人既然找不到慰情的消遣,他自然要闷闷不乐,心灰意懒,百病丛生了。吃饭、游戏休息都要受到烦扰,无论是人是畜生都会因此而发疯。"(第一卷:324)这些内容表明,布莱特的学说在当时是很有市场的。在布莱特看来,忧郁症的发病机制是:属于凉性的忧郁质体液在脾脏滞留,促使潮气上升,经由心脏扩散至大脑。在这个过程中,病人表现出的症状有心情沮丧及行为失控,等等。

《论忧郁》的理论基础是所谓的体液学。体液学是一种起源于公元前五世纪末的古希腊医学理论。希波克拉底的女婿波利布斯在《人类的本性》一书中提出,所有生物都由四种体液即血液、黏液、黄胆汁和黑胆汁构成,它们分别起源于心脏、大脑、肝脏与脾脏,这四种体液对应四种元素、四种气质。四种体液在人体内失去平衡就会造成忧郁。体液学在文艺复兴时期医学界占据主导地位,作为一名内科医师,布莱特的著作遵循的正是体液学的原理。

根据托勒密的《四书》,围绕地球运转的行星因素不同,对地球产生的所谓"影响"也有所不同。在各行星上升或降落时出生的人,体貌和性情自然也大为不同。土星具有冷干素质,主导忧郁。按照星相学的说法,在土星降落时出生的人,他的体貌必定皮肤黝黑、身材矮小,他的性格必定忧郁愁闷。[1]对于《无事生非》里康拉德这样的土星照命者,忧郁是一种无药可救的"致命的沉疴。"(第一卷:350)

最早关注到小冰期气候对忧郁症乃至人间万物产生决定性影响的人可能是伯顿。他在1621年出版的《忧郁的解剖》一书中说:"哪天起来我们不会碰上点儿悲伤、忧愁、或痛苦?我们又见过哪天能从早到晚天气宜人,没有乌云的密布?"[2]他在该书的后面部分又详细补充:

> 不满与不幸有大有小,使整个王国、地区、城市陷入苦难的战争、瘟疫、缺粮、饥荒、大火、洪水、异常天气、传染疾病为大;只关乎个人的忧虑、忿怒、损失、友亡、贫穷、匮乏、病痛、丧亲、侮辱、毁谤之类为小。苦恼充满世间,芸芸众生,全颠簸在命运的浪尖,困境无处不在,无人能逃得过命运的折磨。即便在欢声笑语之中,也夹杂着不满和怨尤。[3]

《忧郁的解剖》抛开传统的体液学理论指出,除了酗酒、失恋及食欲不振等因素之外,秋天这样的季节变化也能让人心生抑郁。现代医学研究发现,忧郁症是小冰期欧洲许多地区的一种流行疾病。正因为冬季的阴沉,与莎士比亚同时代的英国人常常陷入忧郁。贝林格援引迈克尔·麦克唐纳(Michael Macdonald)的研究指出:"忧郁症在过去曾称为'伊丽莎白病'(the Elizabethan Malady),这种疾病是在伊丽莎白一世统治时期达到顶峰的。"[4]

从忧郁症的治疗方面看,布莱特认为,不良饮食是生理忧郁症的根源。他建议病人首先拒绝下列食品或饮料:甜菜、甘蓝、枣子、橄榄、无酵饼、猪肉、牛肉、鹌鹑、孔雀、淡水鱼、红酒、啤酒和艾酒等。一旦体液平衡被这些不良食物打破,病人就会对其他一些加重病情的因素更加敏感。其次要避免沉闷不良的空气环境。最后病

---

[1] 胡家峦.历史的星空:文艺复兴时期英国诗歌与西方传统宇宙论[M].北京:北京大学出版社,2001:34-35.

[2] 伯顿.忧郁的解剖[M].冯环,译.北京:金城出版社,2012:76.

[3] Ibid.:171.

[4] Wolfgangg Behringer. A Cultural History of Climate, trans. Patrick Camiller[M]. Cambridge and Malden: Polity Press, 2010:117.

人在学习、锻炼和睡眠方面都要采取中庸之道。[1]

假如 M 先生只是因为饮食、学习、运动或者睡眠问题得了忧郁症，那么，听从布莱特的建议，他的体液很快就应该能恢复平衡，达到健康状态。然而，问题却没有这么简单。罗列体液失衡的原因及根治手段仅是布莱特的部分任务，而非他的关键要点。M 先生的问题，布莱特在书中已经明确指出，要比简单的生理性体液失衡严重得多："你说你觉察到心灵被上帝的怒火点燃，良心经受无法忍受的痛苦折磨。虽然不断地向上帝祈祷，心中却明白不会得到上帝的丝毫宽悯和庇护，最终得到的只有可怕的永恒受罚。"[2]

也就是说，《论忧郁》一书仔细区分了两种不同类型的疾病：一种是由生理因素造成的忧郁；另一种则是由精神或心灵痛苦造成的绝望。前者是身体疾病，可以服用草药得到治愈，后者则是心灵疾病，只能寻求神职人员的帮助。不管得了什么样类型的忧郁症，都可以到医师兼牧师的布莱特那里得到有效治疗。

忧郁症的第三种治疗方案是"听听戏开开心。"（第二卷：279）《泰尔亲王配力克里斯》剧里，和亲王同样遭受忧郁之苦的塔萨斯总督克里翁为了忘记自己的哀伤，建议"讲些别人的悲惨的故事。"（第四卷：309）这或许是解释戏剧在莎士比亚时代为什么那么火爆的一个原因吧。

伯顿建议忧郁症患者在"天气恶劣或时辰不佳而不便进行娱乐"的时候，"应学我们英国人用斗鸡来避闲散——尽管有人痴迷其中，为此而花掉了许多时间、金钱，一个心思全费在了上面。"[3]

解决冬季忧郁症还可以通过音乐疗法。"伊丽莎白时期出现一次英格兰音乐高峰：情歌小曲、幻想曲、器乐和英格兰国教的对位圣乐吸引了许多人去从事音乐研究。"[4]因为音乐可以增加血液在人体体液中的比例。"在皮查姆的寓意画中，

1　William R. Mueller. The Anatomy of Robert Burton's England[M]. Berkeley, CA: University of California Press, 1952: 14.

2　Ibid.

3　伯顿.忧郁的解剖[M].冯环,译.北京:金城出版社,2012:167.

4　默顿.十七世纪英格兰的科学、技术与社会[M].范岱年,吴忠,译.北京:商务印书馆,2012:45.

'血红'被描绘为头戴花冠的年轻人,脸颊上有'玫瑰'和'百合'争艳;他本性善良,爱音乐,好交友,喜欢酒和女性,身边有羊群吃着葡萄藤。"[1]

作为那个时代的标志,应对忧郁症的治疗中心纷纷成立。忧郁症的终极治疗方案却是在气候温暖的意大利。"如果有人因为冬季的阴沉而陷入忧伤,那么治愈的方案只有一种:即在9月间逃到意大利,并在那里至少呆上半年时间。"[2]

实在没有办法解决问题,就美化、赞美忧郁。罗伊·斯特朗认为,文艺复兴时期继承了中世纪有关忧郁液的两种看法:一是公元2世纪希腊医生迦伦的观点,一是亚里士多德的观点。据亚里士多德的观点,适当的忧郁液有利于智力和想象力。15世纪佛罗伦萨的菲奇诺极力倡导亚里士多德的观点,他在《生活三书》中认为一切具有智力光辉的人在气质上都是忧郁的。他把"忧郁的疯狂"和柏拉图主义"神圣的疯狂"融合在一起,从而把中世纪视为四种体液中最有害的体液变成了天才的标志。因此,忧郁气质逐渐成为文艺复兴时期"才学之士"不可或缺的特征。[3]

1 胡家峦.历史的星空:文艺复兴时期英国诗歌与西方传统宇宙论[M].北京:北京大学出版社,2001:200.
2 Wolfgangg Behringer. A Cultural History of Climate,trans. Patrick Camiller[M]. Cambridge and Malden: Polity Press,2010:115.
3 胡家峦.文艺复兴时期英国诗歌与园林传统[M].北京:北京大学出版社,2008:120.

第二章 农耕隐喻

农耕隐喻人类生存,在西方文化的源头之一圣经中就已经体现出来了。土地是财富之母,劳动是财富之父。井井有条的土地管理,既是一种现实的利益需求,同时又具有浓厚的伦理意涵。

物候的古今差异是直到 20 世纪才被证实的科学命题。虽然亚里士多德在他所著的《气象学》中已经指出气候、物候可以古今不同。但在早期现代时期,人们认为历史时期的气候是稳定不变的。一个地区永久性的物候指标,是可以应用于过去和将来的。永恒的春天,在现实世界是无法实现的梦想,但可以通过文学作品来圆梦。

第一节 "饥饿的利齿"

在《亨利四世》一剧中,法国人波旁对不列颠群岛是充满鄙夷之情的。在他看来,这是一块典型的穷乡僻壤,"犬牙交错""又潮又脏",(第六卷:444)实在令人无法产生丝毫兴趣。如果本着实事求是的现代科学态度,波旁的判断无疑是完全正确的。由于复杂的地质构造和气候因素,不列颠形成了独特的土壤类型,也就是约占国土面积一半左右的所谓灰壤土。灰壤土"酸性较高,不易透水,易使水分滞积,潮湿时十分胶黏,干燥时十分坚硬且难以耕作。因为植物根系一般难以穿透和深入,在夏季如遇干旱时则容易龟裂,植物的根系甚至会因此被扯断。"[1] 灰壤土的这种先天不足决定了其并非理想的天然农耕土壤。在不列颠,大部分的灰壤土的农业利用价值不高,主要被当作"永久草地或粗放牧场",只有少部分可以开垦成耕地。[2] 总之,在英国的可耕地中,肥沃土地所占比例相对较小。"不列颠天然不经过人工改良而适合于农垦的土地面积就仅占土地总面积的 24.8%。"[3] 用"犬牙交错"来形容是十分准确的。

---

[1]　石强.英国圈地研究:15—19 世纪[M].北京:中国社会科学出版社,2016:83.

[2]　Ibid.

[3]　Ibid.:85.

除去土壤的条件,气候和温度也是影响作物生长的主要因素。生物的生长和发育是离不开热量支持的。进一步讲,因为在生命活动中所有生理、生化过程,在本质上都是酶系统的参与,而"每一种酶系统的活性都有它的最低温度、最适温度和最高温度,相应形成生物生长的温度'三基点'"[1] "恒温动物是以食物为能量加快代谢来保持体温的稳定,而植物和变温动物则要求一定的温度总量(积温)才能完成其生活周期。"[2]换句话说就是一个非常浅显的道理,农作物的生长不仅需要土壤和水分,也需要光照和温度。

在莎士比亚时代,不列颠群岛的夏季平均温度比今天的要低大约 1 ℃,相应地,该地区农作物的成长季也缩短了 5 周左右。在最冷的年份里,夏季平均温度比现在低 2 ℃左右,作物的生长季只有两个月甚至更短。[3]现代农业技术可以培养出有效抵御严寒、酷暑、潮湿或者干旱的作物种籽,但在当时却没有这样的技术能力。和今天相比,早期现代欧洲的农业更容易受到天气的影响。

二十一世纪的研究发现,在小冰期时代,小麦和黑麦这两种欧洲主要农作物都经历了显著的减产。当时英国穷人吃的面包通常是用大麦而非小麦制成的。[4]积雪在晚春时分依然没有完全融化,这有利于破坏庄稼生长的寄生虫的存在。潮湿的空气又使得谷物非常容易感染由真菌引起的枯萎病,并且,这种疾病的交叉感染机率相当高。用哈姆雷特的话来说,就是"一株霉烂的禾穗,损害了他的健硕的兄弟。"(第三卷:164)当时人们并不了解粮食霉变的病理学机理,《李尔王》里的爱德伽把它归罪于那个"在黄昏的时候出现,一直到第一声鸡啼方才隐去"(第三卷:283)的叫作"弗力勃铁捷贝特"的恶魔。

谷物储存在潮湿、阴冷的环境里,还能产生一种病菌,叫麦角菌。这种病菌可

---

[1] 石强.英国圈地研究:15—19 世纪[M].北京:中国社会科学出版社,2016:83.

[2] 王连喜.生态气象学导论[M].北京:气象出版社,2010:24.

[3] See Allaby,92;需要指出的是,虽然学界普遍认为这一时期的气温较现在要低,但对具体准确数值则是众说纷纭,莫衷一是。例如有学者认为,该时期的年平均温度只比 1950—1980 年间的均值低了 0.2~0.8 ℃(See Gerald Stanhill. Shakespeare's Tempest,Witchcraft and the Little Ice Age. Weather 71 (2016))。

[4] David Hume,The History of England in Three Volumes,Vol. I,Part D:From Elizabeth to James I [M]. Charleston:CreateSpace Independent Publishing Platform,2017:256.

以使谷粒变黑。感染了麦角菌的谷物，只需极少量，就能使误食者出现系列中毒反应，也就是麦角中毒症。经过进一步发酵，麦角菌株可以产生名为 LSD 的化学物质，可以让服用者产生一种长期脱离现实的迷幻感。整座村庄不分男女老幼，甚至包括大小牲畜，会在同一时刻出现集体性的呕吐、幻觉及四肢坏死的症状，用不了多久便会相继死亡。莎士比亚时代并不知道麦角中毒症的病理，而是把它称作为"圣安东尼之火。"苏格兰国王詹姆斯六世则指控是女巫们造成了村民们的集体狂热、疯癫或鬼魂附体。[1] 已故的英国著名气候学家休伯特·兰姆（Hubert Lamb）指出，在小冰期，人类和动植物饱受各种疾病的折磨，其中最令人不寒而栗的莫过于"圣安东尼之火。"[2]

根据布莱恩·费根的《小冰期：气候如何改变历史（1300—1850）》一书，英国在 16 世纪的 90 年代遭遇史上最严酷的寒冷天气袭击。[3] 1591 年至 1597 年间农作物也因此连连歉收，英格兰全国各地到处都在抱怨食物的匮乏。德文郡的一位市民在 1596 年写下一篇日志，记录了当年的饥荒惨景："5 月份没有一天不下雨…市场上谷物供应有限，市民也没有钱买得起粮食。供应萎缩导致市场上时常发生哄抢，哀鸿遍野，这在以前是闻所未闻的。"[4]

米尼涅斯劝说罗马平民不要举手反抗，"你们要是把你们的穷困和饥荒归罪政府，还不如举起你们的棍棒来打天；因为这次饥荒是天神的意旨，不是贵族们造成的。"（第五卷：335）米尼涅斯在剧中是一个理性而冷静的形象，他的这番解释也并非完全是为了罗马贵族的利益而辩护。如同古罗马时期，早期现代时期天气依然是影响食物供应的首要因素。恶劣天气破坏收成，把粮食价格抬升到穷人无法企及的高度。自世纪之初，这种模式在整个 16 世纪内反复出现。因为收成不好，面

---

[1]　See Faith Nostbakken. Understanding Macbeth：A Student Casebook to Issues，Sources，and Historical Documents[M]. Westport，CT：Greenwood Press，1997：107.

[2]　Lamb，Climate，History，and the Modern World，199.

[3]　Brian Fagan. The Little Ice Age：How Climate Made History1300—1850[M]. New York：Harper and Row，1977：92.

[4]　Ibid.，94.另外一些经济史学家则认为英格兰在 1594—1597 年遇到连续的歉收。See Andrew B. Appleby，Famine in Tudor and Stuart England[M]. Stanford：Stanford University Press，1978：112.

粉价格在两年之内翻了一番,总体物价在 1500 至 1503 年间上涨了 20%。同样的,糟糕透顶的收成使 16 世纪 20 年代的综合价格指数上涨了 30%;16 世纪 50 年代,英格兰遭遇持续性的饥荒,伦敦物价上升至都铎时代的最高点;16 世纪以 90 年代一连串的严重歉收而谢幕,伦敦的面粉价格在四年之内上涨了三倍;即使是詹姆士一世的登基,也未能改善这种食品供应危机。粮食短缺导致 1607 年的圈地暴乱;1608 年的收成又被雨水冲毁,该年物价上涨了 20%;詹姆士一世的统治最终以 1621—1623 年间的接连歉收而退出历史舞台。总之,气候灾害造成英格兰 1490—1640 年共计 150 年间的农产品价格上涨了整整 6 倍,也使得 17 世纪初期几十年里的工薪阶层生活水平下降到三百年以来的最低点。[1]

这是一个饥荒的年代。莎士比亚的家乡在 1594 年之后接连遭遇四年的谷物歉收,在 1596 年的下半年和 1597 年的前几个月,镇上死亡人数众多,直接原因似乎都是营养不良。[2]《泰尔亲王配力克里斯》描写了原本繁荣富庶的塔色斯城因为饥荒发生的亲族相食现象:

> "那些在二年以前嗜新好异的口胃,现在是只要能够讨到一片面包也就十分快慰了;那些不惜寻访人间稀有的珍品饲育她们的婴儿的母亲,现在都在准备吃下她们所钟爱的小宝贝了。饥饿的利齿是这样锋锐,相依为命的夫妇都不能不抽签决定谁先死去,好让另一人多活几天。这儿站着一个流泪的贵人,那儿站着一个哭泣的命妇;多少人倒毙路旁,那眼看他们死去的人,自己也都是奄奄一息,没有一丝残余的气力可以替他们埋葬。"(第四卷:310)

在颇具现实意义的风俗喜剧《温莎的风流娘儿们》中,破落骑士福斯塔夫终日无所事事,总是沉溺于同女人翻云覆雨的遐想。一天夜里,他闻到福德太太的气息,便兴奋地高声大喊起来:"我的黑尾巴母鹿!让老天爷下雨下的是红薯吧,打雷打的是《绿袖子》的调子,落冰雹落的是'亲嘴糖梅子',飘雪飘的是春情草的甜根

---

1   Bruce Boehrer. Environmental Degradation in Jacobean Drama[M]. Cambridge:Cambridge University Press,2013:15.

2   Peter Arcroyd. Shakespeare:The Biography[M]. New York:Anchor Books,2006:16.

儿吧！狂热的暴风雨要来就来吧，只要让我躲在你的怀里就行了。"[1]红薯、糖梅子和春情草在当时都是用作春药或者兴奋剂的。一方面，这段文字惟妙惟肖地刻画了福斯塔夫纵情声色的堕落，另一方面，如果置于当时的生态环境加以考虑，则可以产生出一个崭新不同的认识。福斯塔夫提到的三种食物，尤其是红薯，不仅仅只是一种催情之物，它具有更多的文化内涵。据说，红薯是由哥伦布从海地带回欧洲的。它曾经被当成珍奇的新物种，栽种在西班牙皇宫的御花园里，西班牙也是欧洲唯一适合红薯种植的地方。因为来自遥远而温暖的加勒比和中美洲，红薯是属于富人才能享用的高档食品。作为"珍奇且能食用的块茎"，红薯不仅受到西班牙王室的宠爱，也得到英格兰国王亨利八世的垂青，甚至成为英格兰宫廷宴席上的一道佳肴。[2]研究早期现代饮食风俗的英国学者琼·费茨帕特里克指出："对于一个英国观众而言，红薯是非常新鲜，非常具有异域情调的东西。绝大多数普通老百姓对红薯可能连见都没有见过。所以，福斯塔夫提到这种海外进口食品，是很时尚的。"[3]笔者认为，对恶劣天气的无所畏惧，一方面体现了福斯塔夫的色胆包天，另一方面不也恰好揭示穷困潦倒的他期盼天降美食的心理意识吗？在圣经里，有天使散布玛哪救济饥饿的人们。狂风暴雨、雷电交加、甚或漫天大雪，既然人们对这些天灾无可奈何，倒不如把它们设想成香甜可口的红薯、糖梅子或海东青（春情草），供无数饥肠辘辘的福斯塔夫们大快朵颐，岂不妙哉？

16世纪90年代，极端干旱或洪水破坏收成的事件在欧洲各地屡屡发生。与莎士比亚戏剧交相辉映的，是发生在欧洲其他地区的众多关于饥饿的叙事。在意大利，1591年的收成被极端天气彻底摧毁，罗马民众包围教皇驻地要求分发粮食；为了缓解食物危机，那不勒斯把两千名外国留学生驱逐出境并向该市市民发放面包配给卡；与此同时，西西里岛的面包价格也达到了两个世纪以来的最高水平。在斯

1　人民文学版第一卷第171页里把这段文字中的"potatoes"译成马铃薯，是一种误读。事实上，这里的potatoes指的是比土豆早20年进入欧洲的sweet potato（红薯）。该处引文选自方平译本并稍作改动。参见：莎士比亚.莎士比亚全集[M]（第四卷），方平，译.上海：上海译文出版社，2014：359.

2　祖克曼.马铃薯：改变世界的平民美馔[M].李以卿，译.北京：中国友谊出版公司，2006：22-23.

3　Neil MacGregor. Shakespeare's Restless World[M]. London：Penguin Books，2014：25.

堪的纳维亚半岛,1591 年是个"黑色之年,"草地在整整一年当中根本就没有变绿过。而在 1596 年和 1597 年,可怕的饥荒又再次来临,"大部分民众不得不以树皮为食。"[1]

实际上,小冰期造成的危害影响了整个北半球。和欧洲远隔千山万水的中国,在同一历史时刻,也正经受一场饥馑的浩劫。河南地方官员杨东明《饥民图说疏》描述:"民乃既无充腹之资,又鲜安身之地,于是扶老携幼,东走西奔,饥饿不前,流离万状。夫妻不能相顾,割爱离分;母子不能两全,绝裾抛弃。老羸方行而辄仆,顷刻身亡;弱婴在抱而忽遗,伶仃待毙……村落萧条,烟火断绝,难支岁月。"[2]

与饥馑相关的是贫穷。贫穷也是莎士比亚戏剧关注的一个话题。许多传记作者都曾详细描述过 16 世纪 70 年代诗人父亲约翰·莎士比亚陷入的那场经济危机。为了度过生活难关,约翰甚至被迫卖掉了妻子的陪嫁。[3] 17 世纪初期,英国的单一教会对日益严峻的普遍贫困现象早已束手无策。以埃塞克斯郡为例,在该郡的许多教区里,贫困率在 17 世纪 10 和 30 年代分别增长了两倍及三倍。[4] 庞德(Pound)认为,造成英国贫困问题的主要原因是由于土地和就业未能跟上人口增长的步伐。[5] 问题是,贫困现象是普遍存在的,即便是英国王室,自 16 世纪中叶以降,也深陷财政危机泥沼不能自拔。从那个时期开始,王室经常性收入小于支出总和,财政压力持续增强,伊丽莎白一世女王被迫变卖土地,大举借债,甚至在和平时期也要请求国会资助。17 世纪初期,英国王室甚至不惜冒天下之大不韪,企图通过出售专卖许可,林业税收乃至卖官鬻爵等权宜之计来填补财政窟窿。[6]

贫困现象在当时的欧洲是普遍存在的,并不为英格兰一国所独有。1606 年,法

---

[1] Geoffrey Parker, Global Crisis: War Climate Change and Catastrophe in the Seventeenth Century [M]. New Haven, CT: Yale University Press, 2013:112.

[2] 牛建强.明万历二十年代初河南的自然灾伤与政府救济[J]. 史学月刊, 2006, (01):84-97.

[3] Katherine Duncan-Jones. Ungentle Shakespeare: Scenes from His Life [M]. London: Thomson Learning, 2001:14.

[4] Jack A. Goldstone. Revolution and Rebellion in the Early Modern World [M]. Berkeley and Los Angeles: University of California Press, 1991:127.

[5] Jack A. Goldstone. Revolution and Rebellion in the Early Modern World [M]. Berkeley and Los Angeles: University of California Press, 1991:126.

[6] Ibid.:92-93.

国国王亨利四世向臣民许诺,只要再给他十年时间,"在我的王国里将不会存在如此贫穷的农民,每个星期日锅里连一只鸡都没有。"[1]亨利四世的豪言壮语起码从侧面说明,素以美食闻名天下的法国,在那个时代也面临着巧妇难为无米之炊的窘迫。对这一时期的整个欧洲地区而言,贫困都是一道难以逾越的坎儿。显然,解释贫困现象,仅仅着眼于人口、就业和土地这三个要素是不够的,还要纳入生态环境这一重要变量。

在早期现代欧洲各国的文学作品中,随处可见对作物歉收、牲畜及人口锐减的感伤与叹息。德国历史学家哈特穆特·莱曼(Hartmut Lehmann)认为,这些描写绝非只是一时的无病呻吟,而是基于长期大量的现实经验。[2]正是因为无情的天气,使得英王在对抗财政赤字的斗争中鲜有斩获。丰年的减少,使得土地收益变窄,造成王室的财政困境。在粮食歉收的年景里,饥饿可能会迫使人们吃掉一些种子,因此不管遇到什么样的天气情况,来年的收成都会相应地减少。一旦恶劣天气造成了食物短缺,回归正常水平的过程必将是缓慢的。[3]人们往往要接连好几年忍饥挨饿。在几乎所有的莎士比亚戏剧中,都可以发现对贫穷的生动刻画。抛开恶劣的现实生态因素,我们显然无法全面理解贫困这一重要社会现象的产生根源。

《驯悍记》的序幕首先用一个短语"衰落的今世"(this waning age)交代了喜剧发生的宏观背景。有学者认为,这个短语所要传达的信息只是:人类社会从伊甸园或黄金时代的完美日益沦落及衰败的历史。[4]但笔者通过文本细读并结合生态气候学知识却发现,它实际上也是小冰期时代英国民生凋敝的精辟概括。

环境是很容易改变一个人的。没过多久,贫贱低微的补锅匠斯赖就落入了贵族的圈套,对自己的老爷身份信以为真起来。他甚至无师自通,很快就学会以罗马

1　苏福忠.瞄准莎士比亚[M].北京:人民文学出版社,2017:346.

2　Wolfgang Behringer. Climatic Change and Witch-hunting: The Impact of the Little Ice Age on Mentalities:337.

3　Andrew B. Appleby. Famine in Tudor and Stuart England[M]. Stanford: Stanford University Press,1978:11.

4　Shakespeare W, Lothian J M, ed.. The taming of the shrew [M]. London and New York: Arden Shakespeare, 2nd Series, 1975:166.

征服者凯撒的语气开口说话了。"我看见,我听见,我发话(I see, I hear, I speak),"[1]这里的戏仿或许表明,恰如自诩的那样,斯赖身世的确不凡,有着高贵的血统。不过,当前他一贫如洗也是毋庸置疑的。在此前,他已经坦率地告诉众人:"不要问我爱穿什么,我没有衬衫,只有一个光光的背;我没有裤子,只有两条赤裸裸的腿;我的一双脚上难得有穿鞋子的时候,就是穿起鞋子来,我的脚趾也会钻到外面来的。"(第二卷:275)

在莎士比亚生活的时代,一日三餐可供选择的食物范围也相当有限。全国各地的面包都是用杂粮烤成的。小麦的价格是大麦的两倍,只有贵族才能吃得起用本地小麦制成的面包。即使遇上丰年,粮食依然很贵,穷人只好吃一种由大豆、蚕豆、燕麦、豌豆等做成的"马料面包"[2]相对于小麦,这些经济作物耐寒,对土壤的适应性也更强。"蜜饯果子"(conserves)这种现代寻常之物在当时是十分稀罕的。斯赖似乎从未听说过它的存在,他所知道的,就只有"咸牛肉干"(conserves of beef)。[3]

别说果脯,即便是现代人们习以为常的普通水果,在当时也是不多见的。比如桃子:据说约翰王因贪食太多桃子而丧失了性命,而伊丽莎白女王曾七次获赠产自热那亚的这种水果也被一一记录在案。[4]可见,对于早期现代时期的英国人而言,桃子是一种不太常见的珍馐。不难理解,莎士比亚的作品中只有桃子的颜色(peach-coloured,桃红色)而未见它的果实。桃红色是当时贵族男女喜爱的一种流行色,女王陛下经常浑身上下都被粉红色所包围。[5]在《一报还一报》中,庞贝则以戏谑的口吻讲述一个叫"舞迷少爷"的浪荡子,他前后欠了布店老板四身"桃红色缎袍"(第一卷:246)。

---

[1] Shakespeare W, Lothian J M, ed.. The taming of the shrew [M]. London and New York: Arden Shakespeare, 2nd Series, 1975:166.

[2] David Hume. The History of England in Three Volumes, Vol. I, Part D: From Elizabeth to James I[M]. Charleston: CreateSpace Independent Publishing Platform, 2017:256.

[3] Shakespeare W, Lothian J M, ed.. The taming of the shrew [M]. London and New York: Arden Shakespeare, 2nd Series, 1975:162.

[4] Gerit Quealy. Botanical Shakespeare[M]. New York: Harper Design, 2017:365.

[5] Ibid.

苗圃、硕果累累、美好的花园(nursery,fruitful,pleasant garden),[1]《驯悍记》第一幕第一场里这些开场词汇所描绘的水果,温暖的意大利伦巴第果香飘逸的丰饶意象,对饥寒交迫的伦敦观众而言,兴许是一种致命的诱惑。由于气候变化,"阳光是那样暗淡,仿佛紧皱着眉头,在鄙夷他们,不叫他们的果实成长。"(第六卷:444)兰姆发现,在温暖的 13 世纪,葡萄庄园曾经构成英格兰南部的一道美丽风景线,但到了 16 世纪,大规模的葡萄作物生产在英国已经变成一种历史的记忆。[2]普里莫(Primault)则认为,葡萄的收成主要取决于天气,如果七、八月天气炎热、干燥,葡萄就会获得丰收,反之,夏季的阴冷和多雨则意味着葡萄的减产。[3]类似的,小冰期时代的英格兰南部也完全停止了桃树和杏树的种植,桃杏芳菲的美景要再等五百年,直到温暖的 20 世纪 20~50 年代方才得以重现。[4]不难理解,桃子与杏子,在当时都是富豪们的专属享用品。[5]在《仲夏夜之梦》第三幕第一场,为了讨好那只驴头人身的怪物,仙后迫不及待地命令侍从奉上的吃食里,主要就包括杏子和葡萄这两样果品。

总之,在莎士比亚时代,除了对气候及土壤有较强适应性的野草莓(林地草莓)和野苹果,其它水果已经严重依赖进口。[6]只有伦敦的权贵才有条件偶尔尝尝鲜,平头百姓是无法问津的。[7]穷苦的斯赖,不知道有果脯这种东西的存在,自然也就在情理之中了。

---

[1]　Shakespeare W, Lothian J M, ed.. The taming of the shrew [M]. London and New York: Arden Shakespeare, 2nd Series, 1975:171.

[2]　H. H. Lamb. "Britain's Changing Climate," in The Biological Significance of Climate Changes in Britain,ed. C. G. Johnson and L. P. Smith[M]. London and New York: Academic Press,1965: 4-5.

[3]　Jean M. Grove,The Little Ice Age[M]. New York: Routledge,1990:189.

[4]　Lamb, "Britain's Changing Climate," 5. 需要指出,即便这一时期英国有这些果树的栽培,但产量依旧是无法满足国内需求的。20 世纪 30 年代,英国的桃子、梨子和杏子等水果主要从美国加州进口(See L. Dudley Stamp and Stanley H. Beaver,The British Isles: A Geographic and Economic Survey,4th ed.[M]. London: Longmans,1961:218)。

[5]　Gerit Quealy. Botanical Shakespeare[M]. New York: Harper Design,2017:365.

[6]　野苹果,果实味酸且涩,可以生吃或者烤着吃,是穷人的果腹之物。野苹果在当时因而也是低贱的象征,常常出现在骂人的话里。例如:"你母亲把某个粗野、没有教养的乡巴佬拉上了她那肮脏的床榻,这么一来高贵的根干就嫁接上酸苹果树的插枝。"(2H.VI.3.2.212)参见:比斯利.莎士比亚的花园[M].张娟,译.北京:商务印书馆,2017:21.

[7]　苏福忠.瞄准莎士比亚[M].北京:人民文学出版社,2017:141.

斯赖当过小商贩，做过羊毛刷子，甚至还干过驯熊饲养员。可是，无论从事哪种行当，他的生活总是捉襟见肘。斯赖的赤贫状态，在终日忙于游猎的贵族看来，只是一种"无聊的幻想"或沾染了一个"下贱的邪魔。"（第二卷：275）不过，都铎王朝的官方立场显示，臣民的衣食无着并非小事。已处在垂暮之年的伊丽莎白一世，此时显然仍为王国普遍存在的贫穷现象而忧心忡忡。在驾崩之前，女王陛下努力尝试从法律的层面，进一步预防贫穷可能给社会造成的各种冲击。1601 年，都铎王朝颁布贫民救济法案，凸显了这一议题的严峻性。[1]

如果说贫穷是恶魔，那么受其折磨的，显然并非仅仅斯赖一人。许多社会地位比他高的，甚至属于士绅阶层之人，由于小冰期时代作物收成的锐减，同样也会面临着入不敷出的窘境。莎士比亚在《驯悍记》的正剧内容里，通过对主人公披特鲁乔家庭状况的描述，揭示英国社会各个阶层在小冰期时代陷入了共同贫困的深渊。起先，披特鲁乔把自己打扮成疯疯癫癫的叫花子的模样，在旁人看来或许只是一种心血来潮的故意之举。但随着剧情的发展，我们发现，他的家境的真实状况的确是不容乐观的，极有可能，他是真的行囊空空，购置不起一套像样的行头。当披特鲁乔带领着他的新娘骑着驽马冒着严寒和一路泥泞，最后终于抵达家中的时候，他气恼地发现，门口连一个迎接的仆人都没有。原来，佣人们全在里屋忙着拾掇自己呢。葛鲁米奥是这样向主人汇报的："大爷，纳森聂尔的外衣还没有做好，盖勃里尔的鞋子后跟上全是洞，彼得的帽子没有刷过黑烟，华特的剑在鞘里锈住了拔不出来，只有亚当、拉尔夫和葛雷古利的衣服还算整齐，其余的都破旧不堪，像一群叫化子似的。"（第二卷：327）

到了詹姆士一世统治时期，虽然英国的农业取得了很大的技术进步，大批关于农艺的书籍和宣传册纷纷出版。但是，英国人每日的必需品面包，却依仗海外市场。英格兰在这一时期仍然需要"定期从波罗的海地区以及法兰西进口谷物。一旦中断，整个国家便会强烈感受到切肤之痛。"[2]

1   苏福忠.瞄准莎士比亚[M].北京：人民文学出版社，2017：344.
2   David Hume. The History of England in Three Volumes, Vol. I, Part D: From Elizabeth to James I[M]. Charleston: CreateSpace Independent Publishing Platform, 2017: 262.

第二节　"你何必苦耐着贫穷呢?"

与莎士比亚同时代的怪才罗伯特·伯顿(Robert Burton)告诉读者:"我每天都能听到新闻,听到那些司空见惯的谣传,比如关于战争、瘟疫、火灾、洪水的,关于偷窃、谋害、屠杀的,或是有关流星、彗星、鬼怪、异兆、幽灵的,有关法国、德国、土耳其波斯、波兰等国家里城镇被攻占、城市遭包围之类的——什么每日集结备战、打仗、杀戮、决斗、船难、海盗、海战、缔合、结盟和新一轮的恐慌等等——一切都为这些动荡时代所特有。"[1]同年,西班牙的一位作者也哀叹,"哪个地区没有受到影响? 如果不是战争,便是地震、瘟疫和饥荒? 在这个时代里,每一个国家都被彻底颠覆,这令一些伟大人物纷纷猜测我们正在接近世界的末日。"[2]

恶劣天气导致歉收,引发粮食价格上涨,打破食物供给与人口之间的脆弱平衡关系,最终造成天下大乱的局面。囤积居奇,以图暴利在当时的富有阶层中间是十分通行的做法。刚刚获得家族纹章的莎士比亚,自然也不能免俗。1598年2月,莎士比亚受斯特拉福镇地方当局指控,在"'新地'囤积了10夸特的麦芽。"[3]饥馑年代的粮食操控行为更容易激发民愤。在现实生活中,宗教界也不甘寂寞,加入讨伐所谓不法粮商的行列,牧师们在布道时,喜欢援引旧约《箴言篇》里的"囤积粮食者,必遭众人诅咒"语录,以表达对饥饿信众的支持。[4]社会上的这股暴戾之气,随着饥荒的日益严重,最终演变成血腥的暴力事件。马歇斯呵斥蜂拥而至的罗马暴民,声称要凭借一己武力来镇压群氓:"要尽我的枪尖所能挑到,把几千个这样的奴才杀死了堆成一座高高的尸山。"(第五卷:339)对待贫民的起义反抗,英国的统治阶级也是丝毫不手软的。1595年夏天,"伦敦城发生暴乱。比林斯门内血肉横飞。全城

1　伯顿.忧郁的解剖[M].冯环,译.北京:金城出版社,2012:7-8.

2　Geoffrey Parker. Global Crisis:War Climate Change and Catastrophe in the Seventeenth Century [M]. New Haven,CT:Yale University Press:2013.

3　Katherine Duncan-Jones, Ungentle Shakespeare:Scenes from His Life[M]. London:Thomson Learning,2001:121-122.

4　Brian Fagan. The Little Ice Age:How Climate Made History1300—1850[M]. New York:Harper and Row,1977:94. 原文出处:"He that withholdeth grain,the people shall curse him; but blessing upon the head of him that selleth." Proverbs 11:26,Geneva Bible,1599.

宣布戒严,一些学徒在塔山上被处以绞刑和分尸。"[1] 1607 年,北安普敦、沃里克及莱斯特等英格兰中部三郡爆发了史称"米德兰叛乱"的农民起义。在绰号"袋子队长"的约翰·雷诺的率领下,这场起义前后持续数月之久,造成严重的社会动荡。当时,莎士比亚本人在沃里克郡购置的大片田地也同样受到号称"平等派"或"掘土派"的起义农民的威胁。[2] 他的悲剧《科利奥兰纳斯》就是在这一动荡时期创作而成的。《科利奥兰纳斯》剧中饥饿的罗马平民"宁愿死,不愿挨饿。"(第五卷:333)趁还没有瘦得只剩几根骨头,举起武器来报复,可以说是饥民的普遍心态。罗马市民集体涌向街头,痛斥贵族们的麻木不仁:"我们的痛苦饥寒,我们的枯瘦憔悴,就像是列载着他们的富裕的一张清单";"我们忍受饥寒,他们的仓库里却堆满了谷粒。"(第五卷:333-338)由于谷物供应拒绝对平民开放,这些人只得铤而走险,四处暴乱。作为杰出军事首领的科利奥兰纳斯,对于反复无常的罗马群众向来没有好感,这些"社会上的疥癣"(第五卷:338)现在居然胆敢走上街头,这无疑更令他怒不可遏。由于坚信有限的粮食储备应为贵族阶级所独享,马歇斯甚至不惜招来众怨也要发表自己的观点:

　　　　科利奥兰纳斯　　向我提起谷物的事情!那个时候我是这样说的,我可以把它重说一遍——

　　　　米尼涅斯　　现在不用说了。

　　　　元老甲　　在这样意气相争的时候,还是不用说了吧。

　　　　科利奥兰纳斯　　我一定要说。我的高贵的朋友们,请你们原谅。这种反复无常、腥臊恶臭的群众,我不愿恭维他们,让他们认清楚自己的面目吧。我要再说一遍,我们因为屈尊纡贵,与他们降身相伍,已经亲手播下了叛乱、放肆和骚扰的祸根,要是再对他们姑息纵容,那么这种莠草更将滋蔓横行,危害我们元老院的权力;我们不是没有道德,更不是没有力量,可是我们的力量已

---

[1]　Anthony Burgess. Shakespeare[M]. New York：Alfred A. Knopf,1970：149.

[2]　Jayne Elisabeth Archer,Richard Marggraf Turley and Howard Thomas. Food and the Literary Imagination[M]. New York：Palgrave Macmillan,2014：10.

经送给一群乞丐了。 　　　　　　　　　　　　　　　　　　（第五卷：386）

"饥饿可以摧毁石墙，"（第五卷：339）《科利奥兰纳斯》中的罗马平民因为食不果腹而变成暴民，这绝对不是历史的幻象。戏剧舞台反映了古罗马尖锐的社会阶级对立，更是早期现代英国粮食危机的真实写照。[1] 长期的粮食危机，尤其是 16 世纪 90 年代中期的持续歉收，是导致英国贫民揭竿而起的主要原因。[2] "在 16 世纪晚期和 17 世纪早期，粮食暴动的发生频次不断增加，被精英们视作是对社会秩序的严重威胁。"[3] 当然，粮食危机也影响到贵族阶层，他们中的许多人同样是社会的不稳定因素。英国著名历史学家大卫·休谟（David Hume）曾经指出，"王国当时充满着贫穷的贵族，特别是那些次子们，最近由于教会的衰落和商业的凋敝，看不到符合身份地位的职业前景，随时准备铤而走险，放手一搏。"[4] 莎士比亚通过罗密欧与一个贫苦卖药人的对话，突出表现了社会秩序纲常在饥馑贫困面前是多么的不堪一击：

　　卖药人　这种致命的毒药我是有的；可是曼多亚的法律严禁发卖，出卖的人是要处死刑的。

　　罗密欧　难道你这样穷苦，还怕死吗？饥寒的痕迹刻在你的面颊上，贫乏和迫害在你的眼睛里射出了饿火，轻蔑和卑贱重压在你的背上；这世间不是你的朋友，这世间的法律也保护不到你，没有人为你定下一条法律使你富有；那么你何必苦耐着贫穷呢？违犯了法律，把这些钱收下吧。　　　（第三卷：548）

1　在普鲁塔克原文中，饥馑系由平民脱离运动导致的废耕及战时交通运输不便这两个因素造成，与天气无关。而莎士比亚却在戏中添加了一些寒冷的词语表达，从而给该剧抹上一层小冰期的时代色彩。See Arthur Hugh Clough and Plutarch. Plutarch：The Lives of the Noble Grecians and Romans，trans. John Dryden[M]. New York：Modern Library，1932：270.

2　Shakespeare，Coriolanus：56.

3　Jack A. Goldstone. Revolution and Rebellion in the Early Modern World[M]. Berkeley and Los Angeles：University of California Press，1991：127.

4　David Hume. The History of England in Three Volumes，Vol. I，Part D：From Elizabeth to James I[M]. Charleston：CreateSpace Independent Publishing Platform，2017：77.

与《科利奥兰纳斯》类似的,《亨利六世中篇》也创作于瘟疫与饥馑交加的历史时期。约克公爵(即后来的理查三世)煽动肯特郡一个名叫杰克·凯德的贫民起兵造反,以实现自己夺取英国王位的野心,"由那坏蛋播种,由我前来收获。"[1]凯德虽然出身低贱,但却比科利奥兰纳斯更加通晓世道人心。为了获取民众支持,他充分利用饥饿政治开出许多空头支票:"以后在我们英国,三个半便士的面包只卖一便士,三道箍的酒壶要改成十道箍……我要把我们的国家变成公有公享……我要取消货币,大家的吃喝都归我承担。"(第七卷:170)在几十年后的英国资产阶级革命时期,"平等派"提出了"民主"和"土地"的口号,提出土地公有、共同工作和共同吃饭的口号。[2]凯德的许诺和"平等派"的政治主张几乎不谋而合,这体现了莎士比亚对时代的深邃洞察和超凡预言能力。

值得注意的一点是,凯德和他造反同伙全部都是来自肯特郡。这个地方,在暴动发生的二十年前即1570年,根据学者威廉·兰巴德(William Lambarde)的观察,竟然是一个富庶礼仪之乡,"在整个王国里,此地民众最易管理……他们亦是最文明、最正直和最富有的。"[3]

第三节 流浪汉与自耕农

糟糕的天气毁坏了收成,导致粮食价格成倍上涨。如同其他传统经济一样,粮食危机减少了人们的收入,使得制造业市场萎靡,因而造成大规模失业。衣食无着的失业人口四处流浪,给社会秩序和稳定带来了巨大的压力。

贫困问题在16世纪早期的英国几乎不为人所知。但随着时间的推移,特别是小冰期巅峰期的来临,越来越多的英国家庭无法维持贫困线以上的生活水平。许多有关16世纪晚期和17世纪早期的迁徙研究都揭示,整体迁徙的家庭数量显示出令人震惊的增长,同时,从一个地方游荡到另一处以寻找工作机会的青年男子,其数量也出现了巨幅增长。1573年,下议院开始公开抱怨伦敦流氓无赖、游手好闲

[1] 莎士比亚.亨利六世中篇[M],梁实秋,译.北京:中国广播电视出版社,2001:123.
[2] 石强.英国圈地研究:15—19世纪[M].北京:中国社会科学出版社,2016:159.
[3] Jayne Elisabeth Archer, Richard Marggraf Turley and Howard Thomas, Food and the Literary Imagination[M]. New York: Palgrave Macmillan,2014:11.

之徒和小偷窃贼的数量大为增加。[1] 1601 年,斯特拉福镇的管理者们注意到镇上多达 700 名穷人的存在。在 1590 年至 1620 年间,"伦敦的乞丐比英国其他所有地方加起来还要多。"[2] 由郡巡回法庭判定的"严重犯罪行为"比率急剧增加。[3]

贫穷滋生犯罪和暴力。这一时期的许多文学作品都关注到日益增多的乞丐大军,莎士比亚的戏剧自然也不例外。在《亨利四世上篇》中,国王指责那些"穷苦不满的人"唯恐天下不乱,一听到动乱的消息个个"都惊喜得张着大嘴摩拳擦掌。"[4] 当请愿得到了准许,罗马暴民的心情也被刻画得滑稽可笑,"他们抛掷他们的帽子,高声欢呼,好像赌赛谁可以把他的帽子挂到月老的钩上去似的。"(第五卷:339)据估计,在 1581 年至 1602 年间,伦敦曾发生 35 起严重骚乱或暴动事件。有的是因为哄抢食物所引发的,有的是专门针对外国移民的,甚至还有伦敦四大律师学院里的师生内讧。当然,在这样一座男人习惯于手持匕首身佩长剑、学徒兜里揣着小刀、女人锥子或长针随身携带的城市里,暴力的危险自始至终都是存在的。[5]

在《李尔王》中,因为受到邪恶胞弟的陷害,品行端正的爱德伽被迫远走他乡,亡命天涯。为了保全性命,他不得不脱去身上的贵族华服,乔装成一个"最卑贱穷苦、最为世人所轻视、和禽兽相去无几"(第三卷:262)的乞丐。通过爱德伽/疯丐汤姆这对具有双重身份的人物形象,莎士比亚把早期现代英国流浪汉的模样刻画得入木三分。他们满脸污泥,一块破布裹身,"满头的头发打了许多乱结,赤身裸体,抵抗着风雨的侵凌。"(第三卷:262)他们神志不清,疯疯癫癫,"这些地方本来有许多疯丐,他们高声叫喊,用针哪、木锥哪、钉子哪、迷迭香的树枝哪,刺在他们麻木而僵硬的手臂上。"(第三卷:262)在现实生活中,这些社会的边缘人也着实饱尝世人的凌辱。1601 年,英格兰通过贫民救济法案及补充条例,允许鞭打流浪汉和乞丐。[6] 对于那些"桀骜不驯之徒",可用皮鞭将其逐出城外。倘若胆敢再次显身城内,

1　Jack A. Goldstone. Revolution and Rebellion in the Early Modern World[M]. Berkeley and Los Angeles:University of California Press,1991:126.

2　Peter Arcroyd. Shakespeare:The Biography[M]. New York:Anchor Books,2006:113.

3　Ibid.:16.

4　莎士比亚.亨利四世上篇[M],梁实秋,译.北京:中国广播电视出版社,2001:197.

5　Peter Arcroyd. Shakespeare:The Biography[M]. New York:Anchor Books,2006:119-20.

6　苏福忠.瞄准莎士比亚[M].北京:人民文学出版社,2017:344.

则可对其处以绞刑。[1]因此,莎士比亚剧中的乞丐,只敢在"穷苦的农场、乡村、羊棚和磨坊里"(第三卷:262)祈求布施。1604 年颁布的流浪汉法,所针对的对象有"幕间节目表演者、篱笆匠、领熊员、说唱卖艺者、行乞术士或水手、看手相者、算命者及其它人等。"一旦定罪,案犯首先会被当众捆绑在柱子上接受鞭笞之刑,然后要么遣返原籍,要么罚做苦役,或者穿戴枷锁,直至有人收留。[2]莎士比亚通过他的作品,不无夸张地指出,政府部门每天都在忙着"重新制定束缚穷人的苛酷的条文。"(第五卷:335)

最后,流浪汉的不断增加也与都铎时期圈地运动的显著加速有关。伴随着圈地运动的,是农民共同权利的丧失以及整个村庄的毁灭。"在伊丽莎白一世和詹姆士一世统治时期,是一个渴求土地的年代,对土地的渴求,没有人比自耕农更贪婪。"[3]自耕农拥有中等规模的土地,主要依靠家庭成员进行生产劳动,在农业生产的经营体制上形成了农民的家庭农场。在圈地运动的过程中,具有资本主义性质的租地农场普遍兴起的情况下,农民的家庭农场也同时得到了发展并获得了持久的生命力。这使得"自耕农在英国社会中占据了一个独特的地位,受到同时代人的赞赏,他们被认为是国家的强者和富人,他们在和平时期最能使国家致富,在战时则是我们军队的荣耀。"[4]

都铎王朝的统治者们认为,圈地导致作为国家主要富源的农业日趋萧条:教堂被破坏,礼拜被停止,死者无人为其祈祷,国家抵御外敌的能力也受到削弱并陷入瘫痪状态。从而颁布了大量的法规、公告并成立了圈地调查委员会,试图禁止大量驱逐人口的圈地,同时社会上反对圈地的呼声也颇为高涨。比如莫尔的《乌托邦》,便是都铎王朝统治时期社会各个阶层反对圈地的代表作之一。威廉·哈里森牧师(William Harrison)在 1577 年至 1587 年间曾多次指责统治者的残暴和地主的贪婪。他对比敞田制和圈地制这两种土地制度对英国农村所造成的不同影响。一个

---

[1]　Peter Arcroyd. Shakespeare: The Biography[M]. New York: Anchor Books,2006:119.

[2]　Stephen Greenblatt. Will in the World, How Shakespeare Became Shakespeare[M]. New York and London: W.W. Norton & Company,2004:88.

[3]　Ibid.

[4]　石强.英国圈地研究:15—19 世纪[M].北京:中国社会科学出版社,2016:136.

实施敞田制的标准村落大约有三、四百户人家,人口可达两千;而在实行圈地制的村庄里就只有四、五十户人家,人口锐减至二、三百。[1]对于圈地运动,莎士比亚本人的态度是比较暧昧的。他曾于1602年斥巨资购入107英亩的敞田(open field),由19份条田(strips)组成,分散在斯特拉福镇的东部和北部。没过几年,他又购买约占该镇五分之一土地的什一税权。[2]莎士比亚从此成为家乡有头有脸的大庄园主。不过,当1614年斯特拉福发生威孔伯(Welcombe)圈地事件时,莎士比亚并没有站在市政当局的立场反对圈地者,而是与之达成补偿协议,从而确保自己的利益不受损。格林布拉特指出,"也许,正像一些人所说的,莎士比亚相信农业的现代化,并认为从长远来看,每个人都有获利的可能。但更可能的是,他根本就不介意此事。这并非什么可怕的事情,当然也不是什么振奋人心的好事。这件事,只是一件令人不太愉快的寻常小事。"[3]圈地运动是势不可挡的,尽管这个过程是十分痛苦的,"即使不把耕地转化为牧场,也倾向于毁灭小土地所有者和减少中等土地所有者,这些人不得不加入农业雇佣大军的行列,也增加了潜在的贫民队伍。"[4]

1　W. E. Tate. The Enclosure Movement[M]. New York:Walker and Company,1967:70.

2　Charlotte Scott,Shakespeare's Nature:From Cultivation to Culture[M]. Oxford:Oxford University Press,2014:217.

3　Stephen Greenblatt,Will in the World,How Shakespeare Became Shakespeare[M]. New York and London:W.W. Norton & Company,2004:383.

4　Gilbert Slate,The English Peasantry and the Enclosure of Common Fields[M]. New York:Augustus M. Kelley Publishers,1968:265.

第三章　海洋想象

海洋是人类的原始家园。航海对于文明的重要性不言而喻。米歇尔·福柯观察："当文明失去航船，梦想会干涸，间谍会取代冒险，警察会取代海盗。"[1] T.S.艾略特写道："我们无法想象一个没有海洋的时代。"而研究学者早就指出，在《特洛伊罗斯和克瑞西达》中，莎士比亚借剧中人物希腊英雄尤利西斯之口，宣布人类通过航海认识到另一个半球的存在。海洋是一种流动的状态，也是一个转换与演变的地方。英国生物及历史作家菲利普·霍尔（Philip Hoare）指出："作为一个创造不同身份与性别角色的作家，莎士比亚保持着灵活多变的个性特征，但他对海洋的变幻莫测也颇为了解。他在作品中提到'海洋'这个词汇高达 200 多次，有人甚至据此认为他曾经是一名水手。"[2]霍尔评论，在莎士比亚最后一部伟大戏剧《暴风雨》中，"不断上升变化的海洋似乎是一面镜子，犹如伊丽莎白时代的魔术师约翰·迪伊的神秘黑色玻璃，倒映着我们自己暴风雨般的动荡世界。"[3]

第一节　"毒雾"与"无情的暴风雨"

海洋首先意味着凶险。仙后提泰妮娅告诉人们，大海是"毒雾"的来源与藏身之所。愤怒的风神"从海中吸起了毒雾；毒雾化成瘴雨下降地上，使每一条小小的溪河都耀武扬威地泛滥到岸上：因此牛儿白白牵着轭，农夫枉费了他的血汗，青青的嫩禾还没有长上芒须便腐烂了；空了的羊栏露出在一片汪洋的田中，乌鸦饱啄着瘟死了的羊群的尸体。"（第二卷：19）洪水、歉收及瘟疫这些小冰期时代的常见灾难在这里被视为风神愤怒的产物，而散发"毒雾"的海洋则是助纣为虐的帮凶。河水泛滥，溢出堤岸，这一意象反复出现在莎士比亚戏剧作品中。有学者认为莎士比亚

---

1 "Questioning the Heterotopology," The Funambulist, accessed October 20, 2017, https://thefunambulist.net/architectural-projects/foucault-episode-7-questioning-the-heterotopology.

2 Philip Hoare. "Fatal Attraction-Writers' and Artists' Obsession with the Sea," Theguardian, June 24, 2017, accessed October 20, 2017, https://www.theguardian.com/books/2017/jun/24/fatal-attraction-writers-artists-obsession-sea-shakespeare-woolf-turner-gormley-philip-hoare-ocean.

3 Ibid.

借用该意象来象征人间的无政府主义式的反抗。在当时教堂使用的诵读圣经里，喷泉、温泉、大海的井然有序是上帝的"美好旨意"。离开了上帝的庇护，没有家庭，没有城市，也就没有国家可以存续下去。[1]

但站在生态气候学的角度，莎士比亚在这里描述的实际上是陆地植物（禾苗）、土壤、河流、海洋和相关气体的相互交换以及与大气的化学成分相互作用的机理。海洋化学物质（"毒雾"）在陆地生物圈的吸收、释放和转移是生物地理化学的研究重点。

其次，海洋孕育了无情的暴风雨。在小冰期时代，暴风雨的发生频率很高。随着冷空气的南下，北极高速气流增强并南下，使得欧洲大西洋地区的暴雨发生概率增加。[2]在创作年代稍早于《科里奥兰纳斯》的《李尔王》中，悲天悯人的莎士比亚已经对暴风雨给黎民众生造成的痛苦进行了细致刻画："衣不蔽体的不幸的人们，无论你们在什么地方，都得忍受着这样无情的暴风雨的袭击，你们的头上没有片瓦遮身，你们的腹中饥肠雷动，你们的衣服千疮百孔，怎么抵挡得了这样的气候呢？"（第三卷：280）小冰期时代的极端天气究竟可以产生多大的破坏作用？我们不妨再参考贝林格《气候文明史：从冰川时代到全球变暖》一书中的内容：

1562年8月3日，欧洲中部地区遭遇了一场雷暴的袭击。午时，天空突然暗若黑夜，猛烈的风暴迅疾而至，屋顶和窗棂尽遭破坏。数小时后，雷雨转成冰雹并持续至午夜，摧毁了田地和葡萄园，飞鸟与走兽，包括那些未及保护的牲畜。第二天人们发现，树上的叶子全部掉光了，田间则呈现出一片毁损的惨象。旅行者们对此次雹暴不同寻常的威力印象深刻。在沿着邮政路线从维也纳到布鲁塞尔旅游的途中，一位贵族亲眼目睹了暴风造成的严重灾害。此次受灾地区方圆超过几百公里。一份时事通讯报道称，许多民众担心，末日审判

[1] Shakespeare, A Midsummer Night's Dream, 32.

[2] Scott A Mandia. "The Little Ice Age in Europe," Sunysuffolk, accessed October 20, 2017, http://www2.sunysuffolk.edu/mandias/lia/little_ice_age.html.

已经开始。[1]

《暴风雨》里对雷雨的描写是这样的:"这儿没有丛林也没有灌木,可以抵御任何风雨。又有一阵大雷雨要来啦,我听见风在呼啸,那边那堆大的乌云像是一只臭皮袋就要把袋里的酒倒下来的样子。"(第四卷:419)为了抵御极端天气,特林鸠罗采取了现实主义原则,把头藏到卡列班的衣服里,因为他已经无处可藏了:"一个人倒起运来,就要跟妖怪一起睡觉。"(第四卷:420)

变幻无常的天气会改变一个国家的命运乃至人类历史的进程。16 世纪 80 年代末期的一场海上风暴,使得当时欧洲最强大的国家——西班牙,从此失去了昔日的海上霸主荣光。1588 年九月,号称最伟大、最幸运的西班牙无敌舰队大举入侵英格兰,不料在苏格兰的东海岸遭遇北大西洋低压飓风。舰队沮丧地向上级汇报:"我们遭遇了狂风、暴雨还有浓雾,海上波涛汹涌,根本看不清楚船只。"[2] 同一天,弗朗西斯·德雷克爵士(Sir Francis Drake)也记录了发生在北海南部区域的一场"堪称全年最猛烈的暴风雨"。[3] 在暴风雨的蹂躏下,无敌舰队损失惨重。无数舰船失事沉入海底,或搁浅于苏格兰和爱尔兰的荒凉海滩。"在此次暴风雨中,西班牙无敌舰队折损的战舰数量,远远超过了与英军对决中的损失。"[4] 值得一提的是,这一年,正是北大西洋上空风暴强度最为猛烈的年份,也是英国历史上降雨最多的年份。根据莎士比亚的同时代人——瑞士编年史学家,热瓦德·卡赛特(Renward Cysat)的记载,在 1588 年的六月份,几乎每一天都会遭到不止一场的强雷雨的袭击。后来,不肯就此罢休的西班牙又于 1596 年和 1597 年先后两次派遣无敌舰队讨伐英格兰,但均因海上风暴而败北。[5] 当然,英国也并非总是能得到幸运女神的眷顾,1609年,英格兰建造其历史上吨位最大的商船(1200 吨),她的运气不济,最后丧生于一

---

[1] Wolfgang Behringer. Climatic Change and Witch-hunting: The Impact of the Little Ice Age on Mentalities, 338.

[2] Brian Fagan. The Little Ice Age: How Climate Made History, 1300—1850[M]. 92.

[3] Ibid.

[4] Ibid.: 93.

[5] "Spanish Armada," Wikipedia, last modified October 19, 2017. https://en.wikipedia.org/wiki/Spanish_Armada

次海难事件。[1]

北大西洋上的几场暴风使得西班牙的无敌舰队遭遇到灭顶之灾。因为暴风雨而险些丧命的还有一个尊贵的王公,他就是苏格兰的国王詹姆士六世(即后来的英国国王詹姆士一世)。1589年秋,年轻的詹姆士从利斯渡海去丹麦迎娶他的新娘,途中遭遇极其猛烈的风暴,坐船险些沉没,不得不避难挪威,直至次年春天方才得以启程归国。[2]詹姆士六世知识渊博,通晓天文地理。他断定此次遇险事件的幕后指使一定是那些邪恶的"翱翔毒雾妖云里"(第三卷:6)的苏格兰女巫。莎士比亚在《麦克白》的开场即让观众与阴森的苏格兰女巫直面相逢。无论是在陆地还是海上,这三位可怕的姐妹都能够轻而易举地掀起阵阵狂潮。

大海汹涌无常,灾难事件迭起。在《暴风雨》一剧中,贡札罗规劝阿朗索:"每天都有一些航海者的妻子、商船的主人和托运货物的商人,遇到和我们同样的逆运;但是像我们这次安然无恙的奇迹,却是一百万个人中间也难得有一个人碰到的。"(第四卷:407)《泰尔亲王配瑞克里斯》的剧情解说者高渥告诉观众海洋的真实一面:"果然是海无一日安,一阵狂风吹下云端,一声声的霹雳轰鸣,应和着怒潮的沸腾,经不起颠簸的船只,早被打得四分五裂。"(第四卷:314)该剧也展现了暴风给民众带来的恐惧:"我们的屋子就在海边上,给昨晚的暴风吹打得就像地震一般,梁柱都像要一起折断,整个屋子仿佛要倒塌下来似的。"(第四卷:338)

第二节 美人鱼的歌声

在《仲夏夜之梦》中,仙王奥布朗告诉迫克:"有一次我坐在一个海岬上,望见一个美人鱼骑在海豚的背上,她的歌声是这样婉转而谐美,镇静了狂暴的怒海,好几个星星都疯狂地跳出了它们的轨道,为了听这海女的音乐。"(第二卷:20)弗朗西斯·耶兹认为,这里的美人鱼,隐射的被称作童贞女王伊丽莎白一世,用来赞美她的贞洁和魅力。[3]

1 David Hume. The History of England in Three Volumes, Vol. I, Part D: From Elizabeth to James I[M]. Charleston: CreateSpace Independent Publishing Platform, 2017:260.

2 Neil MacGregor, Shakespeare's Restless World[M]. London: Penguin Books, 2014:81.

3 Ibid., lxvii.

海洋的诱惑是无限的。正是因为海难事件的频繁发生,才使得"海底深处堆满了沉没的财货和无价的珠宝。"(第六卷:408)莎士比亚借助《亨利四世下篇》中的巴道夫之口,展现了时代对海洋的向往:"我们是在危险的海上航行,我们的生命只有十分之一的把握;可是我们仍然冒险前进,因为想望中的利益使我们不再顾虑可能的祸害。"(第六卷:294)

美人鱼的歌声似乎的确很美,不过同时也意味着致命的陷阱。美人鱼,通常指希腊神话中的海上女妖(siren),为意大利海岸附近三女神之一。根据民间传说,她能以美妙的歌声引诱水手,令其船只触礁覆亡。所以,在《亨利六世下篇》中,自视甚高的葛罗斯特认为自己的甜言蜜语"能比海上女妖淹死更多的水手。"(第七卷:261)美人鱼在这里,展现的显然是一幅狰狞恐怖的面孔。

如果我们站在生态气候学的角度,研究这个形象给莎士比亚观众带来的心理反应,便会得出与耶兹博士截然不同的结论。气象灾害的种类多、发生频次高,发生的空间也很广。无论高空、陆地还是海洋,都有气象灾害的发生。海上灾害最主要的表现就是风暴,海妖可能是对狂风呼啸时所发出的哨音进行的拟人化处理。在小冰期时代,"北部海洋里的浮冰(drift ice)和流冰(pack ice)进一步向南漂移。在长达半年的漫长冬季,曾在中世纪鼎盛期和现在常年无冰的冰岛以北航线,被浮冰群所阻断。……在 15 世纪,浮冰漂移的区域向南扩展了很远,冰山阻碍了驶往挪威、丹麦甚至是不列颠群岛的船只。"[1] 所以,稍有不慎,轮船撞上冰山的概率在当时是很大的。从这个方面来理解,美人鱼在当时的观众心中,是毫无浪漫色彩的海洋怪兽。

在笔者看来,美人鱼同时又创造了一种恐怖怪诞之美。因为美人鱼的破坏和海底深埋的宝藏存在一种因果关系。而浩瀚无边的海洋,既是死亡的墓穴,又是沉船财宝的埋藏之地。海底的软泥上,"堆满了沉没的财货和无价的珠宝。"(第六卷:408)《暴风雨》中,腓迪南从海难中幸存下来,惊魂未定地躺在沙滩上,想到离散的父亲或许已经葬身鱼腹,他的心头又平添了丝丝哀愁。此时,只见受普洛斯彼罗派遣的精灵爱丽儿从空中飞来,同时,他的嘴里还哼唱着一首古老的歌谣:

1　Wolfgangg Behringer. A Cultural History of Climate[M]. 92.

五㖊的水深处躺着你的父亲，

他的骨骼已化成珊瑚；

他眼睛是耀眼的明珠；

他消失的全身没有一处不曾

受到海水神奇的变幻，

化成瑰宝，富丽的珍怪。

海的女神时时摇起他的丧钟，

叮！咚！

听！我现在听到了叮咚的丧钟。

（第四卷：402）

这首歌词看似虚无缥缈，但却寓意丰富，体现了海洋兼财富与死亡一体的这一颇具悖论意味的哲学思想。"海的女神"即美人鱼，在这里扮演了希腊神话中的死神塔纳托斯的角色，引领着亡灵进入冥王哈德斯的府穴。变幻神奇的海水，改变了遇难者躯体的性质和结构，铸就了色彩绚丽的珊瑚和价值连城的灿烂明珠。但此处的珊瑚，又是一个生态气候学的通关密语。"气候变化是由太阳施与的外部压力，以及存在于大气、海洋与陆地等地球生态系统内部的物理、化学和生物反馈等发生变化的结果。"[1] 尸体是一种有机物，"海水神奇的变幻"，指的就是"海洋有机物吸收钙离子和碳酸氢根离子，组成含有碳酸钙的珊瑚或贝壳"的这个过程。[2]

最后，对美人鱼的征用也反映了早期现代英国社会对异域风物的猎奇心态。广博的大海里，有美人鱼的宫殿。而在大洋彼岸的异域，则是奇怪生物的居所。正如奥瑟罗向苔丝狄蒙娜描述的那样，那里的人"喉头长着肉袋，像一头牛一样"或"头长在胸脯上"（第四卷：436）。奥瑟罗的海外见闻充满奇幻色彩，吸引了年轻姑娘苔丝狄蒙娜的芳心，成就了一段貌似美好的姻缘。在《暴风雨》里，莎士比亚则揶

[1] Gordon B. Bonan, Ecological Climatology: Concepts and Applications [M]. Cambridge: Cambridge University Press, 2016:117.

[2] Ibid.:124.

揄了他的同胞。这些英国佬无事可做,平素只爱凑个热闹,看看西洋景:"随便什么稀奇古怪的畜生在那边(英国:笔者注)都可以让你发一笔财。他们不愿意丢一个铜子给跛脚的叫花,却愿意拿出一角钱来看一个死了的印第安人红种人。"(第四卷:420)

第三节 "美丽新世界"

莎士比亚生活的大航海时代是"一个冒险家、谋略家和野心勃勃梦想家的时代。"[1] 1580年9月26日,航海家弗朗西斯·德雷克驾驶着"金鹿号"回到阔别已久的家乡,再次成为"民众的英雄。"德雷克的丰功伟绩,曾被绘制成巨幅油画,高悬在伊丽莎白一世的王宫墙壁上,供所有大英臣民敬仰膜拜。[2]英国历史学家尼尔·麦克格雷格(Neil MacGregor)认为,德雷克的环球航行对于英国颇具革命性意义,类似于20世纪60年代阿波罗登月事件之于美国的重要影响。自此以后,"对于英国而言,世界面貌突然之间大为不同了。它的边界变得可知:可以用地图来标识、绘制。只需一只英国舰船,就可以独自环绕它、穿越它。"[3]

在德雷克完成历史性的环球航行时刻,莎士比亚尚且只是一个刚刚年满16岁的青春少年。但对于他和他的同时代人来说,英吉利民族活动的疆域突然得到戏剧性的拓展。这是一个能量与行动并存,抱负和雄心可以令人无所不至、无远弗届的年轻人的世界。随着海外殖民地的开拓,英国不再仅仅只是一个局限于西欧的蕞尔岛国,而是在全球范围内逐步形成了更为广阔的活动空间。更为重要的是,英吉利民族在海外殖民的进程中逐渐形成了较为开放的世界观。英国青壮年人口移居海外,也减缓了国内的人口压力,使人口与生态环境的压力相对缓和,所有一切,都是肇始于都铎王朝时代的。

德雷克航海成就体现了帝国日益增强的远洋探险实力。站在气候生态学的角度,英国之所以能在较短的时间内取得如此非凡的进步,则是与当时自然生态的变化不无关系的。随着小冰期的到来,原先生活在挪威水域的鲱鱼被迫南迁,挪威人

---

[1] Peter Arcroyd, Shakespeare: The Biography[M]. New York: Anchor Books, 2006:112.

[2] Neil MacGregor, Shakespeare's Restless World[M]. London: Penguin Books, 2014:1-4.

[3] Ibid.:2.

最后只能依靠砍伐森林维持生计,但英国渔民却因此而获益。鲱鱼群的南移刺激了英格兰的深海捕捞业,这一产业的发展既增强了国力,又为国家培养了合格的海员。[1]

伊丽莎白一世于 1558 年登基之后,英国的商人兼冒险家们便开始了海洋帝国的创建。女王陛下的臣民跨海越洋,足迹远至遥远的赤道热带地区,他们依靠海外领地而不是国内的狭小地盘创造财富。正如英王亨利五世所宣称的那样,"英格兰的这个可怜的王位,我从来也没有多少看重。"(亨五:225)极不稳定的国内农业生产远远满足不了英吉利日益进取的帝国雄心。同一剧本中,法军大元帅关于英国天气的评论揭示了为什么不列颠在亨利五世心中的地位不高,"他们那里的气候多雾、阴冷而沉闷,对于他们,太阳好像由于轻蔑而暗淡无光,紧皱着眉头,不叫他们的果树结果。"(亨五:255)法国国王约翰对英国在海外烧杀掠夺的原因分析也一语中的:"你是个亡命徒,穷光蛋,偷偷摸摸的海盗,因为没有安身立命之处,或是居住的土地太贫瘠,长不出粮食蔬菜,便只好全部靠小偷小摸为生。"(爱三:463)

1620 年,一群英国清教徒告别故土,驾驶"五月花号"斩波劈浪,驶向大西洋彼岸的新大陆。除了追求宗教自由,他们还怀揣一份世俗梦想——期待此行能发现鱼群。正是由于北极地区自 11 世纪后的气温骤降、风暴的日益频仍、海上气候更加变幻莫测,以及对更佳鱼场的渴求,加速了欧洲人对新大陆勘察和殖民的进程。[2]

富含高蛋白的鳕鱼,便是新大陆献给欧洲人的一份厚礼。早期欧洲人餐桌上的鳕鱼主要是由生活在格陵兰岛的维京人所提供的。格陵兰岛曾经是北大西洋渔场的中转地,大批的鳕鱼正是经由这里被运输到欧洲的。但鳕鱼只能在 2 到 13 ℃的水温中生存。一旦水温低于 2 ℃,鳕鱼的肾脏就会出现问题。北大西洋的海水温度在小冰期尤其是 1600 至 1830 年间陡然降低,鳕鱼鱼群因此南移,直到 1933 年才重新出现在 72 度纬度线以北。[3]自古罗马时期以来,鳕鱼一直是欧洲人的主食。

[1] Scott A Mandia."The Little Ice Age in Europe," Sunysuffolk, accessed October 20, 2017, http://www2.sunysuffolk.edu/mandias/lia/little_ice_age.html.

[2] Brian Fagan. The Little Ice Age: How Climate Made History, 1300—1850[M]. New York: Harper and Row, 1977:78.

[3] Ibid., 70; Brian Fagan, Floods, Famines, and Emperors: El Nino and the Fate of Civilizations[M]. New York: Basic Books, 1999, 192.

晒干的腌渍鳕鱼具有重量轻、易于长期保存的优点,是供应水手和军队的理想口粮。[1]咸鳕鱼为欧洲地理大发现时代提供动力源泉,它被伊丽莎白一世时代的海员称为"海上牛肉"。[2]

1602年五月,英国渔船追随着浩荡的鳕鱼群,沿着崎岖的新斯科舍和缅因海岸一路向南行进,最终抵达"巨大的海岬"(即"鳕鱼角"),并在那里"捕获到大量的鳕鱼。"[3]展现在英国人面前的,是一大片几乎未被土著印第安人或爱斯基摩人利用的丰富渔业资源,新世界的渔场形成一个新兴产业,吸引了英国大量的资本和人力。取之不竭且价廉质优的咸鳕鱼被源源不断地输送到西欧市场,鳕鱼丰富了北美殖民者的餐桌,也成为那些在西印度群岛甘蔗园里挥汗劳作的非洲黑奴们的主要食物。[4]

农业的凋敝促使跨洋贸易和海外冒险最终成为英国的立国之本。"暴动、犯罪,甚至由于90年代的连年歉收所造成的饥荒促使更多的立法实施。但这时,一种解决这一古老的贫困问题的崭新思路渐现端倪——将'桀骜难驯粗糙不堪的暴民'送往新世界去"。[5]在打败西班牙无敌舰队并取得海上霸权之后,英国逐渐走上海上征服的道路,体现为发展航海业和海外殖民贸易。美洲殖民是詹姆斯一世国王所取得的主要政绩之一。1606年,纽波特(Newport)移民团开始了北美的拓殖活动。这是一家取得特许资格的殖民公司,除了经办伦敦和布里斯托尔两地的移民业务,同时也要确保殖民地每年的给养、设备和新成员的供应。[6]休谟在《不列颠史》中曾专门提及从圣奥古斯丁到布雷顿角之间的这条漫长海岸线,称赞它气候的温暖、土壤的肥沃和水系的发达。

---

1   Brian Fagan. The Little Ice Age: How Climate Made History, 1300—1850[M]. New York: Harper and Row, 1977:69.

2   Ibid.

3   Ibid.:78.

4   John F. Richards. The Unending Frontier: An Environmental History of the Early Modern World [M]. Berkeley: University of California Press, 2003:547-8.

5   Jeffrey L. Singman. Daily Life in Elizabethan England[M]. Westport, CT: Greenwood Press, 1995:123.

6   David Hume. The History of England in Three Volumes, Vol. I, Part D: From Elizabeth to James I[M]. Charleston: CreateSpace Independent Publishing Platform, 2017:261.

实际上,休谟已经给出斯图亚特王朝开启北美殖民的一个生态学的答案:相较于空间狭小、天气阴冷、土地贫瘠的不列颠小岛,新大陆显然更加适宜人类的生存繁衍。同时,休谟在书中还以更加明确的口吻,解释了北美殖民地形成的经济因素:"由于在家乡无法生财或繁育,贫穷与困顿迫使人们逐渐离开英格兰移居北美。沿着海岸线建立起来的殖民地,促进了航海,鼓励了工业,甚至可能使母国的人口也实现了倍增。"[1]在别国的丰饶田野上"一个冷若冰霜的民族挥洒着英勇男儿的汗水。"(亨五:255)始于十三世纪的寒冷天气迫使英国走上海外扩张的道路,也深刻影响了整个地球上的全人类的文明进程。充满异域美丽花园的描写寄托了当时作家们的一个共同理想,即对永恒春天的追求。克里斯托弗·马洛曾经渲染过迦太基女王那座温暖、繁盛、富足的花园:

> 我有一座果园,长满了梅子、
>
> 黄杏、花楸果、熟透的无花果
>
> 和枣子、悬钩子、苹果、黄橙;
>
> 园中还有酿满蜂蜜的蜂窝,
>
> 麝香玫瑰,和上千种花卉;
>
> 花间流淌着银色的溪水,
>
> 你可以看到欢跳的红鳃鱼群,
>
> 白天鹅,还有许多可爱的水禽。[2]

培根在《说园》中也设计了一个花开不败的永恒春天:"在三月接着来到的是紫罗兰,尤其是最早的蓝花的单瓣紫罗兰,黄水仙、维菊、开花的杏树、开花的桃树、开花的欧亚山茱萸树,以及多花蔷薇。"[3]培根表达了一种理想的花园梦想,他的花园也从未在英国本地付诸实践,或许只有在温暖的异域才有实施的可能。

---

[1] David Hume. The History of England in Three Volumes, Vol. I, Part D: From Elizabeth to James I[M]. Charleston: CreateSpace Independent Publishing Platform, 2017:261.

[2] 胡家峦. 文艺复兴时期英国诗歌与园林传统[M].北京:北京大学出版社,2008:2.

[3] 胡家峦. 文艺复兴时期英国诗歌与园林传统[M].北京:北京大学出版社,2008:77.

而在创作于 1595 年的《理查二世》中,莎士比亚则劈出一场,即第三幕第四场,专门探讨了在英伦建立"伊甸园式国家"的可能性。按照理想,英国应该是一座"以大海为围墙的花园,"开满了"最美的鲜花,"(第六卷:146)由一个亚当式的国王治理。但在现实生活中,由于奸臣波林勃洛克的存在,"她的佳卉异草,被虫儿蛀的枝叶凋残。"(第六卷:146)胡家峦就此评论,"在传统上,花园既是文明的体现,又是人类之手加于非人类事物之上的象征;因此,秩序就意味着人把各种事物安排在规定的地方。如果没有坚定持久、高度警觉的治理,一切就将陷入混乱。"[1] 自然意象充满了《理查二世》一剧,投射出一种硕果累累的丰饶风景,扩展了"半天堂"的思想。佛柯也认为,冈特的著名演讲,很多都是理想化的和传统化的,唤起对英格兰曾是黄金田园牧歌乐园的往昔追忆。英伦的天空是"水晶般"湛蓝的,如同"乐师"的"鸣叫的鸟儿们",树荫成簇的,晨曦衬映下的"东边松树的顶梢",银色的溪流,垂弯了腰的杏子,最美的花朵,漂亮的玫瑰,散在新春女神绿色膝盖上的紫罗兰,完美的闪烁着银色光泽的泉水。但与这些田园诗般意象相关联的,却是破坏一切美好的人类社会的血腥与暴力。[2]

有意思的是,莎士比亚在这里描绘的花园意象,特别是压弯了枝条的"垂下来的杏子,"(第六卷:146)按照前文的推理,实际上是属于比英国温暖得多的地区才有的物候,并非不列颠的寻常之景。莠草蔓生,鲜花窒息而亡,恐怕才是英格兰的常态。小冰期使农业和畜牧养殖业损失惨重,也将农业置于政治、文化和宗教的急迫议程。"由于农业是当时英国的立国之本,粮食短缺以及随之而来的饥荒都是英国君主及政府的持续关注对象。"[3] 农业的困境使得民众对伊丽莎白女王的不满日益加剧。在于 1588 年取得对西班牙无敌舰队的伟大胜利后,女王的民众支持率便在 1590 年代陷入持续下滑状态。其中部分原因是许多老百姓食不果腹,部分原因则是逐渐明朗的一个政治事实:即女王本人也无法诞生出一个都铎王朝的继承人。

[1] 胡家峦. 文艺复兴时期英国诗歌与园林传统 [M].北京:北京大学出版社,2008:247.

[2] William Shakespeare,King Richard II,ed. Charles R. Forker[M]. London and New York:Arden Shakespeare,Third Series,2002:70.

[3] Amy L. Tigner,Literature and the Renaissance Garden from Elizabeth I to Charles II:England's Paradise[M]. Farnham:Ashgate Publishing Limited,2012:72.

土地和女王,既是不列颠子民的养育者,又代表着他们的未来希望,已经失去了它的生殖能力并在本质上变成了杂草丛生的荒园。正是在这种氛围下,莎士比亚创作了《理查二世》。很明显,这出戏彰显了英国对 16 世纪末期的农业和政治危机的极度忧虑:一方面是对土地的产出能力,另一方面则是对其支撑经济、政府组织和自身生存的能力。在这幕戏剧中,莎士比亚把国王和国土联系在一起:君主的行为会直接影响到土地的丰饶程度。在整个剧本中,莎士比亚描绘了英国国民期盼有为君主的热切心态,经过他强力之手,可以把英格兰、它的土地和人民治理得井井有条,如同优秀园丁精心呵护花园一般:铲除邪恶势力,匡扶柔弱,剪掉僭越自然尊卑秩序的任何企图。《理查二世》比莎士比亚的其他任何戏剧都更公开地描绘了民众和土地、王室和植物、以及政府和花园之间的亲密隐喻关系,尤其是在 16 世纪 90 年代中期,英国王室和政府完全依赖于他们所掌控的植物世界。[1]

因此,海外冒险具有特别重要的政治意义,这个过程为英国提供了不断扩大的土地。土地是财富之母,劳动是财富之父。井井有条的土地管理,既是一种现实的利益需求,同时又具有浓厚的伦理意涵。布伊尔认为,进入现代以来,"田园主义被用来服务于本土、地区及民族本位主义的意识形态工具",并较详尽地研究了作为意识形态工具的田园主义从欧洲到美洲大陆以及在美洲的演替。从他的分析中可看出,田园主义是一种意识形态策略,非人类自然世界是一种文化资源,田园主义是服务于民族文化身份界定的工具。在前殖民时期,田园主义,被欧洲殖民者用来想象"新世界"的工具,"殖民地被鼓动者与探险家再现为田园居所",作为征服新大陆的意识形态力量,为征服新世界鸣锣开道。比如,利奥·马克思认为《暴风雨》就是关于美洲大陆的经典寓言,是古老的田园之梦的再现,它鼓动旧世界去探索新世界。文艺复兴时期欧洲人采用田园主义风格创造的新世界点燃了欧洲人的激情:相信梦想的田园之乡的确存在于世界某个现实的地方。为了了解这些无名之地,不管是出于个人的目的,还是民族国家的利益,激励人们去探索、去征服。"(胡志红,221-222)

---

[1] Amy L. Tigner, Literature and the Renaissance Garden from Elizabeth II to Charles II: England's Paradise[M]. Farnham: Ashgate Publishing Limited, 2012:73.

贡柴罗曾经描述过一个海外乌托邦的模样："在这共和国中我要实行一切与众不同的设施；我要禁止一切的贸易；没有地方官的设立；没有文学；富有、贫穷和雇佣都要废止；契约、承袭、疆界、区域、耕种、葡萄园都没有；金属、谷物、酒、油都没有用处；废除职业，所有的人都不做事；妇女也是这样，但她们是天真而纯洁；没有君主——"（第四卷:412）在海外荒岛建立理想国的美好梦想，并非贡柴罗个人的心血来潮，而是莎士比亚时代部分社会精英的共同诉求。在新世界里至关重要的是，"大自然会自己生产出一切丰饶的东西，养育我那些纯朴的人民。"（第四卷:413）在新世界里，小冰期所造成的一切社会、经济问题都能够得到顺利解决。当然，贡柴罗最后意识到自己对新世界的想象过于天真，因为殖民者的到来，新世界正在变得和旧欧洲一样丑陋不堪，他祈求能早点摆脱这个是非之地："这儿有一切的迫害、苦难、惊奇和骇愕；求神圣把我们带出这可怕的国土吧！"（第四卷:452）

从生态批评的视角来看，《暴风雨》无疑是一部反生态诗学的作品，它潜伏着浓郁的人类中心主义思想。科学技术变成控制自然的工具。普洛斯彼罗不仅是一位学者，更是一位法力无边的巫师。他依靠魔法支配精灵爱丽儿，并通过他来实现自己的一切欲望。他借助法术呼风唤雨，操纵自然，而且还能预见未来，识破他人诡计。他是16世纪文学作品中的一个典型，即追求知识并力图征服自然的学者兼魔法师。他大施魔法、操控自然等极富艺术想象的描写，与培根在《新大西岛》里所倡导的征服自然的观念是一致的。《暴风雨》凸显了人类对自然的主宰，与西方源远流长的征服自然精神是一脉相承的。科学不仅要征服自然，而且还要用来去进行海外殖民扩张和掠夺。在彰显人文主义思想精神的同时，《暴风雨》又采取欧洲中心主义的立场，对异域文明采取一种睥睨的眼神，为欧洲的海外殖民扩张提供强大的话语支持。所以，现在有许多批评家和作家正在想方设法，要对它予以解构、颠覆甚至是重写。

第四章　小冰期时代的婚姻

第一节　寻找"金羊毛"

虽然莎士比亚在《仲夏夜之梦》里把爱情的氛围渲染得如同浪漫的童话剧，但终其一生，感情丰富而细腻的作家本人，却从未体验过真正爱情的甜蜜，更不曾品尝两情相悦甚至爱得死去活来的滋味。[1] 年少轻狂犯下错，被迫迎娶一个比自己大了整整八岁的安·哈瑟维，应该是令莎士比亚抱憾终生的事情。他曾借《第十二夜》人物奥西诺公爵之口意有所指地说："女人应当拣一个比她年纪大些的男人，这样她才跟他合得拢来，不会失去她丈夫的欢心。"（第二卷：491）

斯通指出："在 16 世纪，富裕家庭中的夫妻关系通常是相当冷淡的。基本上，他们生活在深宅大院里，居住不同的卧室，身边的佣人也不同。夫妻很少私下单独相处，他们只是大家庭生活中的一个组成部分。双方婚姻通常遵从父母之命、媒妁之言，而非两情相悦的结果，在本质上，是两个家族之间的一桩经济交易或政治联盟。"[2] 男女婚前自由恋爱，在 16 世纪是非常稀少的，到了 17 世纪方才有所增加。[3] 对于莎士比亚时代的绝大多数英国人来说，婚姻主要由双方的社会地位和财富多寡所决定的，与爱情没有必然关系。英国在当时只是一个穷山恶水的欧洲三流小国。受小冰期气候的影响，严重依赖土地的传统士绅阶层正游离于破产与绝望的边缘。借助婚约缔造，寻找到"金羊毛"，实现经济上的翻身，几乎是每一个未婚男士的梦想。财产，在男婚女嫁过程中，正扮演着愈加持重的角色。

《泰尔亲王配力克里斯》描述，因为一场海上风暴，亲王失去原先享有的所有尊荣，变成一无所有的穷光蛋。听闻当地国王为了嫁女正在举行比武招亲，配力克里斯急忙七拼八凑了一身行头，以获取参赛资格。此时，最令他最担心的，并非是女

1　苏福忠.瞄准莎士比亚[M].北京：人民文学出版社,2017：135.

2　Lawrence Stone. The Family，Sex and Marriage in England：1500—1800[M]. New York：Harper and Row,1977：102.

3　Ibid.：283.

方的容颜或品行,而是求偶不成,"怕要从此要困顿终身。"(第四卷:320)可以说,找到一份丰厚财产,实现"平步青云",是配力克里斯的唯一关注。

经济利益对于婚姻的重要推动作用在《驯悍记》一剧中体现得尤为突出。美国学者大卫·贝文顿(David Bevington)认为,尽管披特鲁乔表面上"虚张声势,大谈金钱,"但令他真正感兴趣的还是凯瑟丽娜本人,和剧中"进行买妻勾当"的其他男人截然不同。[1]考虑到早期现代英国家庭与婚姻的历史事实,贝文顿的这个论断恐怕是站不住脚的。其实,对友人霍坦西奥敞开心扉的一席表白就已经很能说明披特鲁乔的婚姻态度了:

> 咱俩是好朋友,用不着多说废话。如果你真认识什么女人,财富多到足以作彼特鲁乔的老婆——要知道我跳的求婚舞,可是用哗啦啦的银子作伴奏——无论她有多么丑、多么老,多泼辣,多凶狠,比得上苏格拉底的老婆,甚至还要糟糕,我都不在乎;哪怕她的性子暴躁得像亚得里亚海上咆哮的巨浪,也不能影响我对她的好感,只要她的陪嫁多,我在帕度亚便算是撞上了大运。[2]

从女性的角度看,莎士比亚时代的妇女享有的权益很少。与现代女性相比,他们不能上大学,不能投票也不能被选举,对属于自己的财产支配权也是极其有限的。出嫁之前,女子要完全听命于父母尤其是父亲的意志。作为人妻,她的主人就是自己的丈夫,所有个人财产也任由其支配。妇女很少可以求助法律,当然也不存在什么女性法官或律师。这就是为什么鲍西娅虽然拥有足够的聪明才智,也必须伪装成一个男性法学博士,方能作为律师出庭辩护。[3]

对于生活在那个时代的绝大多数年轻女子,很少有人胆敢在婚姻问题上公然挑衅一家之主的权威。《仲夏夜之梦》中的海丽娜就曾抱怨:"我们是不会像男人一

---

[1] 贝文顿.莎士比亚:人生经历的七个阶段[M].谢群,姬蕾,余艳,译. 2 版.上海:上海外语教育出版社,2013:47.

[2] 此段文字系由方平、朱生豪及梁实秋等三家译文糅合而成。

[3] See Jay L. Halio, Understanding The Merchant of Venice:A Student Casebook to Issues,Sources, and Historical Documents[M]. Westport,CT:Greenwood Press,2000:93.

样为爱情而争斗的;我们应该被人家求爱,而不是向人家求爱。"(第二卷:23)《威尼斯商人》中的贝尔蒙特富家嗣女鲍西娅"有非常卓越的德性,"(第二卷:88)虽然心仪安东尼奥,但在父亲亡故之后,却依然要遵守他的生前安排,借助宝匣选亲这种奇特方式来确定夫婿。在女仆尼丽莎看来是含着银汤匙出生的鲍西娅,刚上场就大声抱怨这令人厌倦的"广大世界"。鲍西娅向观众坦承她心情糟糕的主要原因:"既不能选择我所中意的人,又不能拒绝我所憎厌的人;一个活着的女儿的意志,却要被一个死了的父亲的遗嘱所钳制。尼丽莎,像我这样不能选择,也不能拒绝,不是太叫人难堪了吗?"(第二卷:89)金、银、铅,这三个材质不同的匣子,与其说是藏有甄别如意郎君的金科玉言,毋宁说是代表了一种顽固难撼的父权意志。

挑战父亲的婚约安排,后果将是不堪设想的。在《仲夏夜之梦》里,雅典贵族女子赫米娅恋上拉山德,而不是父亲伊吉斯相中的快婿人选狄米特律斯。赫米娅的"倔强的顽抗"(第二卷:6)令伊吉斯勃然大怒。为了维护父权,他不惜和女儿对簿公堂,甚至请求公爵忒修斯判处她的死刑。在今人看来,伊吉斯的行为简直不可理喻,但在当时,却并未构成太大问题。他振振有词地告诉众人,"因为她是我的女儿,我可以随意处置她。"(第二卷:6)此乃是雅典自古相传的金科玉律。忒修斯对贵族元老伊吉斯颇为器重,自然也支持其对亲生女儿的权利追索。他以尊长者的语气劝诫赫米娅:"你的父亲对于你应当是一尊神明;你的美貌是他给与的,你就像在他手中捏成的一块蜡像,他可以保全你,也可以毁灭你。"(第二卷:6)莎士比亚时期的父权控制是从儿童一出生就开始的,父亲可以按照个人意愿随意处置自己的子女。对于那时的婚姻,美国学者杰·L.哈里欧(Jay L. Halio)则指出:婚姻必须获得家长的首肯;终身大事的最终决定权始终牢牢掌握在父亲的手中,子女本人很少或者说没有追索权,尽管他们的意见偶尔也会得到考虑,以避免强烈反抗或者不幸事件的发生。[1]

站在男性的角度,正如《驯悍记》和《威尼斯商人》这两个剧本所透露的,财富是他们择偶的首要考虑。即便是在浪漫味道特别浓郁的喜剧中,财富的意义也不

---

[1] See Jay L. Halio,Understanding The Merchant of Venice: A Student Casebook to Issues,Sources, and Historical Documents[M]. Westport,CT: Greenwood Press,2000:94.

可小觑。海丽娜狂追狄米特律斯,贸然深入森林,遭到男方的百般羞辱依旧痴情不改。在她看来,爱神丘比特的双眼是完全看不见东西的:"全然没有理性,光有翅膀,不生眼睛,一味表示出鲁莽的急躁。"(第二卷:11)问题是,爱情真的如同海丽娜所言,毫无章法可循吗?拉山德在为自己申辩时,理直气壮地告诉众人:"我和他(狄米特律斯)出身一样好;我和他一样有钱;我比他更爱赫米娅;我的财产即使不比狄米特律斯更多,也决不会比他少。"(第二卷:8)[1]拉山德的这句话暗示,在择偶过程中,他是把高贵的门第和富足的家世摆放在首位的。正由于他出身富贵人家,在社会和经济这两个方面与情敌狄米特律斯不相上下,所以他才有了敢于和对方公然竞争的底气。在缔结婚约的过程中,男子的过往表现并非特别重要。尽管听过不少关于狄米特律斯玩弄女性的流言蜚语,忒修斯似乎并不十分介意。他以自己"事情太多"(第二卷:8)的借口,轻描淡写地搪塞过去。而女方当事人伊吉斯,我们也未见他对未来女婿品行的丝毫关注。

赫米娅宁愿流放也不愿意嫁给狄米特律斯,她向拉山德哀叹自己不幸的命运。拉山德则提议两人第二天夜里在森林中相会,然后逃到远离雅典有二十英里地的伯母家,在她家里,他们能安全地结婚并逃脱雅典法律的追捕。拉山德告诉女友:"我有一个寡居的伯母,很有钱,却没有儿女,她看待我就像亲生的独子一样。"(第二卷:9)这句话意味着,拉山德将来笃定要继承一笔巨额财富。也就是说,这对情侣的越轨行为是有雄厚的财力作支撑的,绝非不计一切后果的盲目冲动。拉山德在考虑私奔之前,显然早已算好了这笔经济账。

1704年,一位英国富家子弟因为爱上一个穷人的女儿而不知如何是好。他致信笛福并倾诉胸中苦恼:"如果和她结婚,我就被她毁灭了;如果只和她上床,她就被我毁灭了。"当得知该男子的财富足以维持婚后生活中的一切开销后,持婚姻自由立场的笛福毫不犹豫地鼓励对方去大胆地追求爱情,因为"彼此之间的爱是婚姻的基础,爱会使得婚姻幸福如天堂。"尽管如此,着眼于物质利益的婚姻模式依然十分盛行。纵观十七、十八世纪的主流言论,反对以性欲作为婚姻基础的声音稳稳地占据了统治地位。即使是在婚姻议题上立场比较开明的笛福也认为,着眼于性

---

[1] 笔者对此处引文进行了少许更改。

欲的婚姻会带来"疯狂、绝望、羞辱、自戕、家庭毁灭及私生子的杀戮等等。"[1]

因此，我们便不难理解，对于死缠烂打的罗德利哥，伊阿古为何如此不屑一顾："肉体的刺激和奔放的淫欲，我认为你所称为'爱情'的，也不过是那样一种东西。"（第三卷：359）而《李尔王》中的埃德蒙，则干脆把父母创造自己的过程，降格成动物间的交媾行为。在距莎士比亚去世一百多年后的 1723 年，英国作家强纳森·斯威夫特（Jonathan Swift）以他那惯常的嘲讽口吻说："爱情，只是一种荒唐的激情，除了戏剧和罗曼史，它无处可居。"即便到了 18 世纪中叶，此时正值浪漫主义小说和诗歌在英伦大地风起云涌之际，"大多数有影响力的人士仍坚决反对婚前恋爱。"[2]

藏有鲍西娅画像的第三只匣子，是用沉重的铅打造而成。上面镌刻着一行冰冷如铅的警句："谁选择了我，必须准备把他所有的一切作为牺牲。"（第二卷：114）铅这种物质，在两位亲王眼中是低贱的代表，它甚至也曾令安东尼奥举棋不定，因为它的形状"只能使人退走，一点没有吸引人的力量。"（第二卷：129）从星相学的角度来看，铅的代表星体是土星萨图恩（Saturn），这是一颗"最冷、最干、最慢的行星，因此与暮年、赤贫和死亡相联系。"[3]在希腊神话中，农业之神萨图恩常给人间带来"水灾、饥荒和其他各种灾害。"[4]莎士比亚用铅盒来隐藏鲍西娅的画像，暗示安东尼奥尽管成功寻到了"金羊毛"，但两人的婚姻在未来仍将面临许多现实世界的考验与磨难。即便是充满浪漫色彩的宝匣选亲场景，也潜伏着莎士比亚对现实生活的一丝隐忧。

在动荡不安的小冰期时代，财富对于家庭的维系至关重要，财富才是缔结姻缘的真正月老。浪漫爱情，虽然是十六、十七世纪英国诗歌的讴歌对象，也是莎士比亚作品中的永恒话题，但在现实生活中，与普罗大众的距离却是非常之遥远。浪漫爱情，充其量，只是贵族小范围圈内的一种镜花水月。正如披特鲁乔所说的那样，

---

[1]　Lawrence Stone. The Family，Sex and Marriage in England：1500—1800[M]. New York：Harper and Row，1977：280.

[2]　Lawrence Stone. The Family，Sex and Marriage in England：1500—1800[M]. New York：Harper and Row，1977：283.

[3]　胡家峦.历史的星空：文艺复兴时期英国诗歌与西方传统宇宙论[M].北京：北京大学出版社，2001：161.

[4]　Ibid.

绚烂多姿的求婚舞,失去哗啦啦的金银的伴奏,也就失去了一切存在理由和意义。

类似的,当时秘密婚礼盛行,其重要原因也是经济。由于婚约是女方父亲和未来女婿之间的协定,与当事女子无关。年龄大小不是问题,财产保障权益才是关键。婚姻建立在财富的基础之上,所以《驯悍记》里出现了求婚、结婚在一天之内就能完成的咄咄怪事。女方以聘礼多少选女婿。男方为了逃避彩礼,往往把生米煮成熟饭。路森修乔装成音乐教师,进出比恩卡的闺房,心中盘算的也是这样的美事:"我倒希望和她秘密举行婚礼,等到木已成舟,别人就是不愿意也无可奈何了。"(第二卷:318)由于存在着秘密婚礼这样的一种形式,男女婚姻似乎显得十分草率。比昂台罗告诉观众:"我知道有一个女人,一天下午到园里拔菜喂兔子,就这样莫名其妙地跟人家结了婚了。"(第二卷:342)关于爱情和婚姻现实的、毫无浪漫色彩的细节刻画始终贯穿在《驯悍记》一剧中。不管是嫁妆还是婚约,锅碗瓢盆还是菜园里的芹菜,这些细节元素制造了一种强烈的现实感。正如希巴德(Hibbard)所言:"《驯悍记》,与莎士比亚的大部分喜剧截然不同,和它最为相近的只有《终成眷属》,是按照作家所理解的英格兰现实生活中婚姻那个样子去描写的。"[1]

对于中下阶层来说,秘密婚姻的存在使得婚姻的严肃性受到严峻的挑战。在婚姻仅由口头约定,或受到某位酒馆里的流浪牧师的祝福,或在私宅里由私人牧师证婚,或给钱让伦敦地下教会里的所谓牧师媒婆操办,一个莎士比亚时代的英国人在理论上可以做到妻妾成群。[2]

第二节 变化中的爱情观

小冰期生态的变化最终触发了一个急剧变革的社会历史语境。作为上层建筑范畴的婚姻观念和作为以两性结合为特征的婚姻行为也随时代潮流,展现出新的冲突和变化。一方面,家长决定子女婚姻的传统势力仍然强大;另一方面,青年男女追求爱情,渴望自由选择配偶的诉求也不断涌现乃至付诸行动。莎士比亚通过

[1] Shakespeare W, Lothian J M, ed.. The taming of the shrew [M]. London and New York: Arden Shakespeare, 2nd Series, 1975:140-141.

[2] Lawrence Stone. The Family,Sex and Marriage in England:1500—1800[M]. New York: Harper and Row,1977:36.

《威尼斯商人》影射了这一社会现实。

　　鲍西娅和侍女独处时的坦白令人感到吃惊,也为她后来的行为做了铺垫。三个宝匣的考验,象征着鲍西娅的择偶原则,也预示在招亲环节中她将开动脑筋、施展计谋。表面上,她受父亲意志制约不能决定自己的命运,作为孝顺女纵然不满也要遵守先父遗愿。但鲍西娅和公然违抗习俗的黛丝德蒙娜或杰西卡不同,她的聪明之处在于即便内心并不认同传统,也要在表面上维持着对形式的尊重。[1]

　　一拨又一拨的公子王孙铩羽而归,最终只剩下三位求婚者,分别是摩洛哥亲王、西班牙阿拉贡亲王及威尼斯破落公子巴塞尼奥。摩洛哥亲王来自炎热的非洲,率直而感性。他的求爱开场白是:"不要因为我的肤色而憎厌我,我是骄阳的近邻,我这一身黝黑的制服,便是它的威焰的赐予。"(MV 2.1.1-3) 亲王被感官俘虏,受外观吸引,轻率地选择了金盒子。[2]鲍西娅自然看不上他,心中暗暗祈祷:"但愿像他一样肤色的人,都像他一样选不中。"(MV 2.8.79) 第二位求婚者阿拉贡亲王来自处处是"冰山雪柱"的北方,也是让人无法亲近的。鲍西娅心仪的对象既不是热辣辣的非洲人,也不是冷冰冰的西班牙人,而是来自温暖地带的巴塞尼奥。相对于炎热的摩洛哥或寒冷的阿拉贡,他的家乡威尼斯被地中海环抱,地理位置居中,气候温暖适宜。从受众的心理角度看,威尼斯无疑会比摩洛哥或阿拉贡更能拉近戏剧与观众之间的距离。

　　如果说威尼斯的温暖气候令深陷严寒之灾的伦敦观众心生向往,那么,爱屋及乌,温情脉脉、优雅时尚的巴塞尼奥兼顾世俗的功利之心及超然的道德标准,最终获得鲍西娅的芳心也就成为必然了。这样的安排符合观众的欣赏口味及心理预期,容易引起他们的情感共鸣。[3]实际上,鲍西娅早就对巴塞尼奥心仪已久。在不愠不火地惩罚并打发掉两位重量级的求婚者之后,她终于不顾矜持,敞开心扉向对方倾诉:"我心里仿佛有一种什么感觉——可是那不是爱情——告诉我我不愿失去

---

[1]　See Allan Bloom. Shakespeare's Politics[M]. New York: Basic Books,1964:25.

[2]　Ibid.

[3]　对婚姻抱着经济目的在当时应该是通行的一种观念。当时有句谚语叫:He who marries for love and no money,hath good nights but sorry days.(为爱而不为钱结婚的人,夜晚过得逍遥但白天却很难受)See David Cressey. Birth, Marriage, and Death: Ritual, Religion, and the Life-Cycle in Tudor and Stuart England[M]. Oxford: Oxford University Press,1997:261.

您,您一定也知道,嫌憎是不会向人说这种话的。一个女孩儿家本来不该信口说话……"(MV 3.2.4-8)意识流般的表白、跳跃的逻辑、情到真时的语无伦次,鲍西娅炽热的感情跃然纸上。最后,当巴塞尼奥在金、银和铅这三种不同材料制成的匣子中间犹豫不决时,鲍西娅果断出手,唤伶人即兴奏乐一曲:

告诉我爱情生长在何方?

是在脑海里,还是在心房?

它怎样发生?它怎样成长?

回答我,回答我。

爱情的火在眼睛里点亮,

凝视是爱情生活的滋养,

它的摇篮便是它的坟堂。

让我们把爱的丧钟鸣响……

(MV 3.2.63-70)

当时英国国民平均寿命不到 30 岁,联合国进行的一项研究证实,婴儿死亡率和气温高低存在着密切的关联。[1]新生儿难以承受严寒的气候,所以死亡率很高。伦敦的贫穷地区只有一半的儿童能活过 15 岁。1557—1558 年,营养不良导致机体免疫能力大为降低,加重了英格兰地区的流感疫情,使不少家庭全体死亡。在十六世纪 50 年代的大部分年份里,英国的死亡人数都超过了新生人口。[2]在莎士比亚诞

---

1 在 16 和 17 世纪,法国的婴儿死亡率是 20%~40%,参见:许靖华,第 68-69 页。

2 See Scott A Mandia,"The Little Ice Age in Europe,"Sunysuffolk,accessed October 20,2017,http://www2.sunysuffolk.edu/mandias/lia/little_ice_age.html;"小冰期极端的天气造成了粮食歉收,粮价飙升限制了购买力,造成许多人营养不良。逃避饥饿和早夭是个现实的难题。人缺乏营养很难从事劳动。食物供应不充分导致身体上的虚弱并阻碍了诸如耕耘收割所需要的劳动,而耕耘收割又为继续劳作提供食物。我们的祖先陷在营养的困境中无路可走。为了延续生存,先民们变得比自己的狩猎采集祖先更为瘦小精干。他们演变得瘦小从而减少所需要的营养,才能生存和劳作,但是为缺乏营养付出了寿命缩短的代价。营养不良也威胁到免疫系统,而缺乏食物意味着衰弱的个体易受到传染病的感染。"(彭纳.人类的足迹:一部地球环境的历史[M].张新,译.北京:电子工业出版社,2013:70)。

生的 60 年代,斯特拉特福镇"年均有 62.8 起受洗仪式和 42.8 起儿童葬礼。"[1] "坟墓""摇篮"及"丧钟"等意象可以视作是对因气候、饥馑和瘟疫而造成的高死亡率的一个隐喻。这首歌贬低感官,表达清晰,不少词和 lead 押韵(bred,head,nourished,fed),是向巴塞尼奥发出明确信号,叫他选中铅盒。[2] 如此看来,鲍西娅行事的确巧妙,她利用看似限制的习俗成为命运的最后主人。她违背了对父亲的忠诚,但维持住表面的忠诚形式,或者说既坚持传统又避免成为传统的牺牲品。[3] 可以说,鲍西娅的婚姻名义上是父亲包办,受父亲节制,实际上是由自己选择且争取得到的。她利用传统来满足自己的需求,而不是沦为抽象道德义务的牺牲品。从时代的角度上来看,包办婚制的土壤中正蕴育着以鲍西亚为代表的自由恋爱的萌芽。通过童话般的鲍西娅挑匣择婿情节,莎士比亚巧妙反映出小冰期生态语境下在婚姻问题上传统与个人之间一种冲突、妥协、交汇并存的复杂动态过程。

第三节 坚冰的消融

早在古希伯来时期,《旧约·出埃及记》的"十诫"中的第七诫便是"不可奸淫"。当时的法律允许将犯有婚外奸淫罪的男女用石头砸死。《希伯来书》也说,"苟合行淫的人,神必要审判"。后来欧洲基督教国家的法律沿袭下来的就是《希伯来书》的法则,案犯若涉及通奸,则一律重判为死刑。即使国王犯下此罪,也会受到教会处罚。一句话,"耶稣的教导和新约的言说中有关婚姻的态度影响了整个西方人"。

虽然在伊丽莎白时代,社会也试图以各种方式、通过习俗、道德、法律、宗教、父权、教育等手段来防止女子婚前失去贞操,但小酒店这类大众场所的兴起再加上人口的大量流动,使得中世纪的禁欲观渐渐失去了坚守的阵地。马丁·英格拉姆考

---

[1] Peter Arcroyd. Shakespeare: The Biography[M]. New York: Anchor Books,2006:4.

[2] 需要指出的是,就这首歌是否泄密的问题上,学者有不同看法。Harry Berger, Jr., 认为这些暗示更可能出于无意识,而非有意为之,因为人们不会用一个谜语去回答另一个谜语,此外鲍西娅也明确告诉巴塞尼奥她不会泄露谜底,从而违背自己对父亲的承诺"我可以教您怎样选才不会有错——可是这样我就要违犯了誓言,那是断断不可的。"(MV 3.2.10-12)在笔者看来,即便是出于无意识,这首歌的内容也影射了鲍西娅的内心真实意图。因此,本书的推理在这种情况下也是成立的。

[3] See Allan Bloom. Shakespeare's Politics[M]. New York: Basic Books,1964:26.

察英格兰南部一座教堂审讯笔录时发现,散布村镇的客栈或酒店是诱发已婚妇女出轨的罪魁祸首。G.R.奎夫仔细查阅了萨默赛特17世纪法庭记录后也得出类似的结论:"绝大多数涉及非法性行为案件都与麦酒馆或客栈的纵酒狂欢有关。"

1582年隆冬某日,年仅18岁莎士比亚与比自己整整大了八岁的农场主女儿安妮·哈瑟维不等教堂的结婚公示期结束,就匆忙步入洞房。资料显示,新娘此时已身怀六甲。这里需要提醒读者注意的是,莎士比亚的奉子成婚在当时并非个案。据奥格尔和布拉穆勒研究,在伊丽莎白一世统治时期,竟然有多达三分之一的英国新娘都是挺着肚子走进婚姻殿堂的。究竟为什么会出现这种现象呢? 奎夫发现,至少有10%的未婚先孕者承认这都是酒精惹的祸。而林恩·马丁指出,这主要是因为男人为了引诱目标上钩,信口乱开结婚空头支票的缘故:"当某男口头允诺将来会娶某女为妻之后,便可与之发生肉体关系,这使假意的婚誓成为诱奸女人的最有效方式。"不过,格林布拉特却持不同意见。他认为,假如一对未婚男女在私定终身时使用的是现在时态的"我现在娶你"而非将来时态"我要娶你",随即两人又行周公之礼,那么按照习俗,二者就算是确立了实质有效的夫妻关系。格林布拉特同时宣称,在注重实效的伊丽莎白人眼里,正式婚礼反而成为"表面上的仪式",往往主要着眼于新娘的嫁妆。

除了酒馆,还有人口的年龄结构因素。如同伊丽莎白时代的音乐家托马斯·威索恩(Thomas Wythorne)在16世纪末所指出的:"童年期(0到15岁)之后,便开始了所谓的青春期阶段,一直到25岁方才结束。在此阶段,丘比特和维纳斯定会忙于搅动年轻人的平静心灵。"[1]《冬天的故事》中的牧羊人说:"希望十六岁和二十三岁之间并没有别的年龄,否则这整段时间里就让青春在睡梦中度了过去吧:因为在这中间所发生的事,不过是叫姑娘们养起孩子来,对长辈任意侮辱,偷东西,打架。你听! 除了十六岁和二十三岁之间的那种火辣辣的年轻人,谁还会在这种天气出来打猎?"(第四卷:505)这段话必定触及了许多台下观众的心坎。再寒冷的天气,也无法阻挡这群年轻人体内荷尔蒙的发泄。"青春期问题及其给社会所造成的

1 Lawrence Stone. The Family, Sex and Marriage in England:1500—1800[M]. New York:Harper and Row,1977:512.

各种妨碍,是欧洲人自 15 世纪以来一直相当熟悉的问题,特别是随着性成熟和结婚年龄间的时间落差越来越长,青春期问题变得越来越严重。"[1]伦敦在当时是一座号称"永远年轻"的大都市,它超过一半的居民年龄是小于二十岁的。[2]可以想象,青春期的问题有多么严峻。

莎士比亚在《一报还一报》中描绘了与他年少经历类似的情节。婚前性行为在该剧中被戏称为"禁河里摸鱼"。少年绅士克劳狄奥和女友朱丽叶未举行婚礼就发生了性行为,导致朱丽叶未婚先孕:"可是不幸我们秘密的交欢,却在朱丽叶身上留下了无法遮掩的痕迹。"(第一卷:192)当维也纳发起严惩私通运动时,克劳狄奥被捕入狱并被判处死刑。他对自己因纵欲而惹来杀生之祸后悔不迭:"毫无节制的放纵,结果会使人失去了自由。正像饥不择食的饿鼠吞咽毒饵一样,人为了满足他的天性中的欲念,也会饮鸩止渴,送了自己的性命。"(第一卷:191)莎士比亚在多部作品里,对奉子成婚或者婚外情等非正常男女关系多有着墨。奥菲利娅最后极有可能是带着身孕投水自尽的,姑且以她发疯后当着克劳狄斯国王的面脱口而出的小曲为证:

> 天上的神明发慈悲,
>
> 干下的事儿太丢人;
>
> 小伙子有便宜总要沾,
>
> 都怪他那股亲热劲。
>
> 姑娘说:"你把我按倒前,
>
> 本答应娶我做新娘。"
>
> 那哥儿回答道:——
>
> "太阳在头上,我心里本这么想,
>
> 只怪你自己,上门又上我的床。"[3]

---

[1] Lawrence Stone. The Family, Sex and Marriage in England: 1500—1800[M]. New York: Harper and Row, 1977:376.

[2] Peter Arcroyd. Shakespeare: The Biography[M]. New York: Anchor Books, 2006:4.

[3] 莎士比亚. 莎士比亚全集(第四卷)[M]. 方平, 译. 上海:上海译文出版社, 2014:301.

　　假如我们运用弗洛伊德精神分析学的理论来分析奥菲利娅的这首疯歌,就能理解她的清醒。弗洛伊德认为,人在疯癫的状态下,被压抑的观念和情感会冲破"监察"的控制而进入意识的境界。奥菲利娅在大雅之堂貌似胡言乱语,但其中却透露出她的苦衷,包含着对男欢女爱的真知灼见。

　　格林布拉特认为,莎士比亚戏剧中对婚前性行为及其后果有如此可怕的描述,或许与作者身为两个日益长大成人的女儿的父亲身份有关。——在《暴风雨》中,他以女方父亲的语气,对婚前性行为的危险进行了清楚而严厉的警告。普洛斯彼罗告诫那不勒斯王子腓迪南,如果"在一切神圣的仪式没有充分给你许可之前,你不能侵犯她处女的尊严;否则你们的结合将不能得到上天的美满的祝福,冷淡的憎恨、白眼的轻蔑和不睦将使你们的姻缘中长满令人嫌恶的恶草。"(第四卷:439)格林布拉特同时认为,这些台词措辞的激烈及鲜明程度远远超过了该剧的实际需要,婚前性行为必然会导致苦果,这恰恰也是莎士比亚不幸的个人婚姻状况的写照。[1]

　　托马斯·奎尼在迎娶莎士比亚的二女儿的前夕,曾和斯特拉福镇上的一名未婚女子有染,使其怀孕并难产身亡。奎尼因此获罪,新婚不久的他被教会法庭判处游街示众。这桩丑闻的揭露和审判距莎士比亚去世还不到一个月的时间,想必给他造成了巨大的思想羞辱和沉重的精神打击。在撒手人寰之际,莎士比亚再次修改了遗嘱,把奎尼的名字从原先拟定的馈赠名单上划掉,使他一分钱也没有得到。[2]

　　站在被誉为学术摇篮的帕度亚的广场上,仆人特拉尼奥向书生气十足的少爷路森修进言:"我们一方面向慕着仁义道德,一方面却也不要板起一副不近人情的道学面孔,不要因为一味服膺亚理斯多德的箴言,而把奥维德的爱经深恶痛绝。"(第二卷:281-282)在当时,帕度亚大学是欧洲亚里士多德哲学思想传播的大本营,众多英国富家子弟慕名而来。但在另一方面,文艺复兴时期各种新旧思潮尖锐对峙、百家争鸣,古罗马艳情诗人奥维德的这部颇受争议的大胆作品,对当时英国知识阶层的性伦理也产生了巨大的影响力。借用《爱经》中文译者戴望舒先生的话,

---

[1] Stephen Greenblatt. Will in the World, How Shakespeare Became Shakespeare[M]. New York and London: W.W. Norton & Company, 2004: 142.

[2] Ibid.: 384-385.

则是"读其书者,为之色飞魄动"。[1] 在这里,特拉尼奥小心避免对奥维德表达过于露骨的膜拜,他的性伦理似乎是对形而上学思想和俗世感官享受这两个对立诉求的折中调和。特拉尼奥所宣扬的中庸之道,或许也表达了莎士比亚内心所持的真实立场。

贞操价值几何? 我们不妨看看雅典公爵忒修斯的观点。"抑制热情,到老保持处女的贞洁,自然应当格外受到上天的眷宠;但是结婚的女子有如被采下炼制过的玫瑰,香气留存不散,比之孤独地自开自谢,奄然朽腐的花儿,在尘俗的眼光看来,总是要幸福得多了。"(第二卷:7) 在忒修斯看来,世俗之爱显然是胜过天堂之美的。所谓"香气留存不散",也就是通过结婚生子,使美貌代代相传下去。

对那些"向着凄凉寂寞的明月唱着暗淡的圣歌"(第二卷:7)的孤寂修道女,忒修斯公爵显然是不以为然的。莎士比亚借用来去匆匆的冰雹意象,突出了爱情的易碎品质。海丽娜指责恋人狄米特律斯的负心,曾经像"下雹一样发着誓"的他,遇见赫米娅后,"这阵冰雹一感到身上的一丝热力,便立刻溶解了,无数的盟言都化为乌有。"(第二卷:11)16 世纪的伦敦人平均寿命很低,"相对寿命不长必定对许多伦敦人的行为举止和人生态度造成了很大的影响。"[2] 在恶劣天气、战争、死亡或疾病随时威胁的情况下,爱情如同"一个声音、一片影子、一段梦、黑夜中的一道闪电那样短促。"(第二卷:9)因此,花开堪折直须折,莫待无花空折枝。拒绝爱欲而固守冰冷的贞操,是对短暂人生的最大浪费。不辜负韶华,及时行乐,这也是莎士比亚十四行诗里的主题之一。"疾病与死亡的肆虐,让他们的一生转瞬即逝,因此他们活得也就更加精彩,更具活力了。而这正是戏剧发展不可多得的环境。伊丽莎白时代的伦敦人以前所未有的热忱和探险精神积累或者说丰富了自己的人生阅历。他们比同时代其他地区的英国人更敏锐、更精明,生活得更加多姿多彩。"[3]

拒绝贫瘠少产的贞操,拥抱有可能会带来丰饶的爱欲,更是一个非常重要的哲学命题。西方爱欲专家第一人,当属古希腊的哲学家苏格拉底。他在《会饮篇》中

---

[1]　奥维德.爱经[M].戴望舒,译.北京:光明日报出版社,2002:1.

[2]　Peter Arcroyd. Shakespeare：The Biography[M]. New York：Anchor Books,2006:111.

[3]　Ibid.

宣称,除了爱欲的知识,他对别样东西都是一窍不通的。[1]这位哲人理解的爱欲共有六个层次:始自爱某个身体,终于爱美本身,中间依次经历爱所有美的身体、爱灵魂、爱诺莫司和爱知识等阶段。没有最初的身体之爱,就无法升华到最高级别的爱(爱美)。接着,苏格拉底把爱欲理解为一种对整全的渴望,于是,爱在苏格拉底或者说柏拉图那里"第一次成了一种形而上学的激情。"[2]在莎士比亚的笔下,爱欲是人性的高点与低洼的连接,展示了人类最本能的活动、最强烈的快乐、最高贵的言行。因此,莎士比亚的性爱观和柏拉图的爱欲思想是一脉相承的。

关于贞操,让我们再来读读《终成眷属》里罗西昂伯爵府中男仆帕洛的言论。帕洛直截了当地对莎士比亚所钟爱的女主人公海丽娜说:"在自然界中,保全处女的贞操决非得策。贞操的丧失是合理的增加,倘不先把处女的贞操破坏,处女们从何而来?你的身体恰恰就是造成处女的材料。贞操一次丧失可以十倍增加;永远保持,就会永远失去。这种冷冰冰的东西,你要它作什么!"(第二卷:367)在许多喜剧作品中,莎士比亚往往借用类似帕洛这样的小人物,代表剧中主人公或者台下观众中的大多数,就一些社会敏感话题直抒胸臆,有时甚至会达到口无遮拦的地步。门第卑微的海丽娜,不惜乔装打扮,牺牲贞洁,最后成功钓得金龟婿——罗西昂伯爵勃特拉姆。表面上,她依靠的似乎是自己的智慧和耐心。实际上,在欲拒还迎之中,她更充分地利用了自己那诱人的肉体。

与贞操观念密切相关的,是男女之间的忠贞宣誓。但在莎士比亚的动荡世界里,山盟海誓往往经不起时间的考验。正如迫克所言,"一切都是命运在作主;保持着忠心的不过一个人;变心的,把盟誓起了一个毁了一个的,却又百万个人。"(第二卷:40)

莎士比亚在戏剧中塑造过好几个典型的未婚剩男形象。比如《驯悍记》中的男主角披特鲁乔:他在32岁的时候,还在四处苦苦寻觅有钱人家的女儿作媳妇。鉴于莎士比亚时代英国国民的平均寿命不到30,披特鲁乔应该算是一个不折不扣的大龄未婚青年;又比如哈姆雷特王子:根据戏剧的开头介绍,哈姆雷特尚在德国的威登堡大学求学,在许多人的刻板印象中,他是个忧郁的年轻王子,顶多二十出头。

[1] 柏拉图.会饮篇[M].王太庆,译.北京:商务印书馆,2013:11.
[2] 刘小枫,陈少明.苏格拉底问题[M].北京:华夏出版社,2005:151.

但仔细阅读原著的第五幕,就会发现,假如掘墓小丑所言不假,那么哈姆雷特王子实际上已过而立之年。这么大的岁数还在读书,哈姆雷特没准儿是个延期毕业的博士生;再比如威尼斯的摩尔大将奥赛罗:故事除了不断突出他和苔丝狄蒙娜的肤色和相貌差异,也反复强调了横亘在两人之间的年龄鸿沟。奥赛罗告诉众人,自己结婚的目的并不是为了满足个人的欲望,"因为青春的热情在我已成过去了。"(第三卷:357)他的唯一动机,只是不忍心使年轻的苔丝狄蒙娜失望而已。不难判断,奥赛罗此时应该早已迈进了中老年人的行列。他的偏执、妄想,对新婚妻子出轨的猜疑,乃至最后酿成杀妻惨剧,或许与他自身所处的特殊年龄段大有关系。现代医学以他的名字来专门指称嫉妒妄想综合征,简称"奥赛罗综合征"(Othello syndrome)。研究人员发现,这种病理嫉妒综合征的患者多为男性,发病的平均年龄为68 岁。[1] 假如莎士比亚笔下的奥赛罗,的确罹患了以他命名的这种精神疾病,那么,根据最新研究,对他的年龄进行逆向推演,所得出的结论显然是令人惊骇不已的。奥赛罗快 70 岁的年龄,差不多相当于苔丝狄蒙娜父亲甚至爷爷的岁数了。莎士比亚笔下的超级剩男,非奥赛罗莫属。

如同上述戏剧中的人物,大龄未婚现象在莎士比亚时代并不罕见。英国在 16 世纪下半叶依旧是一个典型的农业社会,其大部分的人口是生活在农村而非城市的。生态环境的恶化,使得无产者的比例大大增加。失去收成和牲畜的家庭无力承担一场婚礼,导致婚期被迫延迟甚至取消。再加上长子继承制这一体制性的因素,当时上层阶级的幼子未婚者的比例很高,年轻男子普遍将婚期推迟到 26 岁以后。[2]

斯通认为,上述现象会衍生出两个与性有关的社会问题:首先是娼妓业这一古老行当的兴旺繁荣,其次是非婚生儿比率的持续攀升。[3] 就前者而言,早期现代时期

---

[1] Jonathan Graff-Radford et al.,"Clinical and Imaging Features of Othello's Syndrome," NCBI, A- pril 25,2011, accessed October 20, 2017 10.1111/j.1468-1331.2011.03412. x. Epub 2011 Apr 25;而另一位研究者得出的结论则与前者有所不同,其研究结果显示,奥赛罗综合征男性病患的发病年龄平均为 53.7 岁(Jonathan Graff-Radford et al.,"Dopamine Agonists and Othello's Syndrome," Europe PMC, September 9, 2010, accessed October 20, 2017, 10.1016/j. parkreldis. 2010.08.007)。

[2] Lawrence Stone. The Family, Sex and Marriage in England: 1500—1800[M]. New York: Harper and Row, 1977:616.

[3] Ibid.,474-616.

遍布英国村镇的小酒馆往往也是皮肉买卖的地方。在莎士比亚戏剧中,妓院的英文是 bawdy house,又称 common house,与良家女子所住的地方 honest house 截然相对。眠花宿柳的福斯塔夫大言不惭地向巴道夫夸口,自己"赌咒骂人不多,一个礼拜掷骰子不超过七回,逛妓院也不过一刻钟一次。"[1] 在《一报还一报》中,查房抓嫖可能是糊涂差役爱尔博的主要业务。他抱怨社会上的好公民实在太少,这些男人"什么事也不做,只晓得在窑子里鬼混。"(第一卷:199)而在《亨利五世》中,快嘴桂嫂,野猪头酒馆的老板娘,嫁给毕斯托尔后便不再打算招留房客。"因为我们倘若是招留了十三四个娘儿们——尽管人家都是好女人,规规矩矩,靠做针线过日子——人家就要以为你呀,你开了一个窑子啦。"(第六卷:415)查阅原著,可以看出老板娘的这段自我洗白简直是欲盖弥彰,无意识的情色指涉四处洋溢着。也就是说,野猪头酒店是挂羊头卖狗肉,私底下从事情色交易的场所。[2] 伊丽莎白时代的法律记录显示,随意、半业余性质的卖淫活动在英格兰地区是广泛存在的。一些贫困人家会把家中房间出租给妓女。野猪头酒馆收留的所谓房客,指的也是这些从事卖淫活动的暗娼。农村已婚妇女偶然也会纵情于田间的野合,这样做的部分原因是为了补贴家用,部分原因或许纯属寻欢作乐。对于乡下年轻小伙子而言,桃花运是不难撞到的。而在伦敦这样的拥有好几万单身学徒的大城市,烟花柳巷更是随处可见。[3]

婚期推迟或者大龄单身又造成了非婚生儿的增加。往往又不可避免地刺激了弃婴的大量产生,甚至会导致极端的弑婴事件。因为未婚妈妈们没有物质保障,为生计所迫,心急如焚之下往往不得不遗弃自己的骨肉,甚至会亲手杀死他们。[4] 16、

---

[1] 刘炳善.英汉双解莎士比亚大词典[M].郑州:河南人民出版社,2002:77.

[2] 在原著中,桂嫂是这样说的:"For we cannot lodge and board a dozen or fourteen gentlewomen that live honestly by the prick of their needles but it will be thought we keep a bawdy-house straight."在这段话里,honestly 指体面的,或者贞洁的,桂嫂想指的是前者,但却不自觉地影射了后者;做针线活,通常表达是 live by their needles,但这里却用了 prick 这个词儿,它可以表示针刺 pricking,同时又能表示阴茎 penis(T.W.Craik & William Shakespeare. King Henry V:Arden Shakespeare[M]. London:Routledge,1995,p.158)。

[3] Lawrence Stone. The Family,Sex and Marriage in England:1500—1800[M]. New York:Harper and Row,1977:616.

[4] Lawrence Stone. The Family,Sex and Marriage in England:1500—1800[M]. New York:Harper and Row,1977:473.

17 世纪的英国对弑婴罪行的处罚力度越来越大,足以说明这一现象的严重程度。《麦克白》里的三女巫丢进锅里的许多东西里有"水沟里生下就给掐死的娼妇的婴儿的小指头。"[1]

当然,贞操观念的松懈或许还与处女迷信有关,当时英国民间有一种传说,未婚女子是不能进天堂的。但由于家庭世袭财产采取的长子继承制度,这意味着能分给幼子和女儿的财产更少,不少人因此被迫放弃婚姻。结果,女性未婚比例从 16 世纪的 10％ 上升到 17 世纪初的 15%。而幼子的未婚率在同期也出现类似的攀升,1600 年后有录可查的单身男性比例大约在 20％ 到 26% 之间。伴随着这种情况出现的,就是老小姐和妓女人数的增加。[2]在这样严峻的婚姻现实里,虽然凯萨琳娜外表凶悍顽劣,但她受传统观念的影响,在内心深处也是非常害怕做一辈子老处女的。因为如果嫁不出去的话,她活着要遭受世人的嘲讽,死后在地狱里"只能陪猴子玩。"(第二卷:298)

医学界也在积极帮助人们解除欲望的思想包袱。面对未婚青年人口比例如此之大的伦敦,传统的性观念早已无法应对自如了。基于现实因素和体液学理论,莎士比亚时代的医学界人士在总体上是反对禁欲的。多数医生也认为,性事能给心理与生理带来诸多益处,床笫之欢于精神健康实乃必需。对青春期的性态度,可从对手淫的态度中看出端倪。尽管中世纪道德神学家宣称手淫是不可饶恕之罪。但在 16、17 世纪大部分的英国育儿手册和医疗指南里,手淫基本上是未被提及的。当时的鳏夫和孀妇甚至会得到医生们的建议,采取适度的性生活。[3]根据体液学理论,适度手淫是有益健康的。为了人体的健康,必须排出多余体液:放血以排出多余的血;射精以排出多余的精液。盖伦早就明确指出,"如果自然的种子储存的时间过久,它便会转化成毒素,"并造成各种疾病特别是忧郁症。托马斯·柯根(Thomas Cogan)也在 1589 年宣称,"适度释放精液能带来许多好处。因它能引起

1　此处文字译者为方平,笔者稍作调整。参见:莎士比亚.莎士比亚全集(第五卷)[M].方平,译.上海:上海译文出版社,2014:270.

2　Lawrence Stone. The Family, Sex and Marriage in England:1500—1800[M]. New York:Harper and Row, 1977:33.

3　Lawrence Stone. The Family, Sex and Marriage in England:1500—1800[M]. New York:Harper and Row, 1977:512.

对肉类的胃口并帮助消化；它使身体更轻巧、灵敏,它张开毛孔及导管,并去除粘液；它加速心灵活动,激发才智,更新感知,驱走悲伤、疯狂、愤怒、忧郁和狂暴。"[1]借用约翰逊博士的话来说,就是:"忧郁而疯狂的人总是肉欲的;在心灵痛苦的严重迫害下,他们往往要被迫为自己的身体寻求某种慰籍。"[2]

的确,与千里冰封、万里雪飘的严寒不同,曾经固若磐石的传统性观念在伊丽莎白时代正慢慢消融。尽管直到女王统治的末期,"任何治安官都有权闯入任何他怀疑有乱伦或通奸案情发生的房屋,如果他的怀疑获得证实,他就能把犯罪者带到监狱或一位地方治安法官面前。"[3]但是落实到执行层面,具体有多大的成效,却是值得推敲的。教会法庭亦是如此。斯通指出,"教会法庭对伊丽莎白时代英国的乱伦事件所给予的惩罚是令人诧异的宽宏大量。"[4]

《李尔王》的第一幕,便是葛罗斯特伯爵向同僚肯特伯爵引荐自己的私生子埃德蒙的场景:

肯特　大人,这位是您的令郎吗?

葛罗斯特　他(指私生子埃德蒙,笔者注)的出生要归我负责;我常常不得不红着脸承认他,现在惯了,也就脸皮厚了。

肯特　我不懂您的意思。

葛罗斯特　不瞒您说,这小子的母亲没有嫁人就大了肚子生下他来。您想这应该不应该?[5]

葛罗斯特似乎很享受这段经历,他丝毫不顾埃德蒙在场可能产生的尴尬,大言

[1] Lawrence Stone. The Family,Sex and Marriage in England:1500—1800[M]. New York:Harper and Row,1977:497.

[2] Lawrence Stone. The Family,Sex and Marriage in England:1500—1800[M]. New York:Harper and Row,1977:595.

[3] Lawrence Stone. The Family,Sex and Marriage in England:1500—1800[M]. New York:Harper and Row,1977:123.

[4] Lawrence Stone. The Family,Sex and Marriage in England:1500—1800[M]. New York:Harper and Row,1977:491.

[5] 莎士比亚.莎士比亚全集(第六卷)[M].朱生豪,译.裘克安,校.南京:译林出版社,1998:5.

不惭道："这畜生虽然不等召唤就自己莽莽撞撞来到这世上,可是他的母亲是个迷人的东西,我们在制造他的时候,曾经有过一场销魂的游戏。"[1]他以轻亵的口吻问朋友："您想这应该不应该?"[2](Do you smell a fault?)这里的 fault 是个双关词,表示"错误"或者"女性器官。"这个看似不起眼的简单问句启动了蕴涵全剧中的一系列丰富的女性器官意象,使饮食男女成为串连《李尔王》戏剧情节的一个隐形线索。由于上流阶层的婚姻基本上是经济交易或政治连接的产物,所以夫妻之间缺乏情感联系也就是再正常不过的事情了。许多丈夫丝毫不介意这点,因为他们很容易通过偷情找到性欲的出路。对于莎士比亚来说,爱情不是婚姻的预演,而是性爱的铺垫。性隐喻描写在他的作品中比比皆是,就是很好的证明。

如果说婚外不伦之恋在以葛罗斯特为代表的年长一代人中间尚存"错误"的些许可能,那么它对以埃德蒙、高纳里尔和里根等人为首的新生代而言就再也不会构成任何伦理道德上的障碍了。婚外情,在他们心中,几乎等同于天性的追求。私生子埃德蒙反诘世人:"难道在天性热烈的偷情里生下的孩子,倒不及拥有一个毫无欢趣的老婆,在半睡半醒之间制造出来的那一批蠢货?"[3]埃德蒙是一个马基雅维利式的人物,也是哲学家托马斯·霍布斯"人对人是狼"理论的先行者。他蔑视习俗,膜拜"大自然"或者"天性"女神,甘心为之"尽职效劳"。为了得到财富、土地乃至江山社稷,他脚踩两只船,同时对奥本尼公爵夫人(高纳里尔)及康华尔公爵夫人(里根)大献殷勤,深得主子欢心。而高纳里尔和里根这一对姊妹,也全然不顾自己的已婚状态或贵族身份,为了埃德蒙,争风吃醋乃至痛下毒手,丝毫不念手足之情。在这干人等的世界里,传统婚姻家庭价值观早已荡然无存。伦敦大学英语教授索科尔概括得好,在莎士比亚戏剧作品中,"非正统的婚姻形式是一个自然的过程,很少受到时间或任何传统的束缚。"[4]

---

[1] 莎士比亚.莎士比亚全集(第六卷)[M].朱生豪,译.裘克安,校.南京:译林出版社,1998:5.

[2] 莎士比亚.莎士比亚全集(第六卷)[M].朱生豪,译.裘克安,校.南京:译林出版社,1998:5.

[3] 莎士比亚.莎士比亚全集(第六卷)[M].朱生豪,译.裘克安,校.南京:译林出版社,1998:14.

[4] B. J. Sokol and Mary Sokol. Shakespeare, Law and Marriage[M]. New York:Cambridge University Press,2003:102.

第五章　小冰期的哲学反思及文化解读

第一节　"上帝的愤怒"

在莎士比亚诞生的 1564 年,他的家乡暴发了一场严重的瘟疫。六个月的时间里,有 237 名居民丧失生命,超过斯特拉福镇总人口的一成;离莎士比亚家不远的一户四口之家无一幸免。[1]剧作家共有七位兄弟姊妹,仅有四位活过成年。

1593 年,伦敦死于瘟疫的人口超过 1 万 8 千人。[2]除了隆冬时节短暂的开放(因为寒冷的天气会减少瘟疫的风险),从 1592 年六月到 1594 年六月,因为害怕"公众骚乱"和"瘟疫传染,"伦敦的大小剧院一直处于禁止开放的状态,这或许给事业刚刚起步的莎士比亚带来不小的打击。[3]几年后的 1599 年,更大规模的瘟疫(鼠疫)再次来临。里斯本率先爆发鼠疫,西班牙及欧洲大陆随后也出现疫情。1603 年二月,鼠疫蔓延至伦敦。鼠疫是鼠疫杆菌借鼠蚤传播为主的烈性传染病,鼠蚤叮咬和呼吸道传播是鼠疫的两大主要传播方式。当时伦敦城里的砖瓦建筑较少,大多是木头框架、顶上覆盖茅草的房子。这种房屋构造是滋生老鼠的理想场所。而老鼠身上携带着寄生虫跳蚤,它们的最佳生殖条件是 20 至 25 摄氏度的潮湿天气。夏秋两季的淫雨连绵不绝,跳蚤的活跃期便会相应延长。[4]

很快,伦敦瘟疫造成的死亡人数便呈急剧上升趋势,每周病亡人数在 1603 年 7 月底已经超过一千。伦敦的总人口因此次浩劫最终折损了五分之一。[5]瘟疫同时为詹姆士一世的继位蒙上一层阴影:为了保护刚从爱丁堡抵达首都不久的新国王的

1　Peter Arcroyd. Shakespeare：The Biography[M]. New York：Anchor Books,2006:4.

2　Jayne Elisabeth Archer,Richard Marggraf Turley,and Howard Thomas. Food and the Literary Imagination[M]. New York：Palgrave Macmillan,2014:11.

3　Jonathan Bate. The Genius of Shakespeare[M]. Oxford：Oxford University Press,2008:16.

4　James Shapiro. The Year of Lear：Shakespeare in 1606[M]. New York：Simon and Schuster,2015:276.

5　Bruce Boehrer. Environmental Degradation in Jacobean Drama[M]. Cambridge：Cambridge University Press,2013:25.

身体健康,官方宣布严禁普通民众以任何方式靠近西敏寺。加冕仪式完毕,詹姆士王迅即撤离伦敦,躲进伦敦城外的汉普顿宫以防鼠疫感染,而原先准备好的各项庆典活动则全部延后。[1]

对于伦敦这样一座人口密集的大城市,瘟疫对人口所造成的破坏性影响要远远超过饥荒。"1592—1593 年和 1603 年的瘟疫死亡人数令 1597 年死于饥馑的人数相形见绌。"[2]在莎士比亚的世界里,疾病和瘟疫似乎是没有尽头的。"死亡和焦虑成了伦敦市民所呼吸的空气的一部分。"[3]不是疟疾便是流感,不是中风便是汗热。莎士比亚的每一部戏剧,都离不开疾病的指涉或隐喻。

面对可怜的收成和高涨的粮价,人们急切想找到答案。当然,在 17 世纪的欧洲,没有人敢质疑全知全能的上帝,所以解释最终都落在了人的罪恶上。1614 年,瑞士植物学家、文献学家及历史学家瑞瓦德·凯瑟特(Renward Cysat)在他编年史中记载了过去几年里持续性的奇特天气变化。他这样写道,"不幸的是,由于我们的罪恶,最近一段时间以来,岁月已经变得更加严酷,不仅在人类和动物世界里,而且在地球上的庄稼和农产品里,都出现了恶化现象。"[4]历史学家詹姆斯·豪威尔就在 1647 年写道,"上帝不满于人的作为,把惩罚施与全人类"。在那个笃信宗教的时代,欧洲人坚信自己的命运系由上帝掌控。在当时,有非常多的人感觉到社会中的贫苦、争斗与犯罪比以往任何时候都要多。用宗教的语言来表达则意味着比以往更多的罪恶。人类的罪恶被视为上帝忿怒的原因。因此,公众的注意力转移到了道德缺失与真实犯罪上。"性犯罪很快引起了越来越多的特别关注,因为各种形式的婚前性行为和婚外性行为似乎会激起神灵的格外愤怒。如与恶魔的性交易、兽奸、乱伦、兽性和强奸等严重犯罪似乎比过去发生的频率更高。"[5]

1　James Shapiro. The Year of Lear:Shakespeare in 1606[M]. New York:Simon and Schuster,2015:22.

2　Bruce Boehrer. Environmental Degradation in Jacobean Drama[M]. Cambridge:Cambridge University Press,2013:24.

3　Peter Ackroyd. Shakespeare:The Biography[M]. New York:Anchor Books,2006:119.

4　Geoffrey Parker. Global Crisis:War Climate Change and Catastrophe in the Seventeenth Century[M]. New Haven,CT:Yale University Press,2013:3.

5　Wolfgangg Behringer. A Cultural History of Climate[M]. 86.

呆呆站立在海滩上的阿隆佐告诉观众:"我觉得海潮在那儿这样告诉我;风在那儿把它唱进我的耳中;那深沉可怕、像管风琴似的雷鸣在向我震荡出普洛斯彼罗的名字,它用宏亮的低音宣布了我的罪恶。"(第四卷:437)"由于自然被人们视为传达上帝愤怒的一种标志系统,所以反常的气候事件一定会得到评论。"[1]"随着气候状况的恶化,不幸接连不断地降临到了越来越多的欧洲人头上。"[2]"近代早期出现于南方的北极光以及大雪、雪崩、洪灾、庄稼歉收、物价上涨、疾病和其他副作用,都被解释为来自上帝的信号,预示世界的终结或神的报应。"[3]对于内心有鬼的阿隆佐而言,更是如此:"这种事情一定有一个超自然的势力在那儿指挥着;愿神明的启迪给我们一些指示吧!"(第四卷:457)

"各个教派的神学家们都严格遵照《旧约》,将极端气候事件、冰雹、洪水、庄稼歉收、瘟疫、短缺与饥饿危机都解释为上帝对人类罪恶的惩罚。"[4]"路德东正教宣称1562年莱比锡城的寒冷天气和大雪是上帝对人类原罪的惩罚。"[5]"上天才是气候变化的原因,而人类的罪行可能会激怒上天,由此导致气候变化。"[6]例如,当时自杀的人数达到了前所未有的程度。"虽然没有他人因自杀而受到身体伤害,但自杀却被归类为一种罪行,直接理解为"自我谋杀"。而谋杀并不是一种私事,而是对神圣秩序的侵犯。不少人担心,错误的葬礼类型会激起上帝的愤怒,并会使作物歉收进一步恶化。"[7]正如戴维·莱德勒(David Lederer)所指出的那样,当时的价值体系颠倒了原因和结果。气候抑郁可能会导致更高的自杀频率,但人们通常的看法却是"自杀造成了恶劣的天气"。[8]"忏悔传教士们谴责引起小冰期气候异常的人性之恶:人们行为的即刻改变有望平息上帝的愤怒,并带来一个更美好的时代。"[9]即使在莎士比亚去世后二十多年后,阿尔卑斯山地区的人们依然会庄严地列队游行,祈

1　Wolfgangg Behringer. A Cultural History of Climate[M]. 85.

2　Brian Fagan. The Little Ice Age: How Climate Made History,1300—1850[M]. 91.

3　Wolfgangg Behringer. A Cultural History of Climate[M]. 84.

4　Ibid.:89.

5　Brian Fagan. The Little Ice Age: How Climate Made History,1300—1850[M]. 91.

6　Ibid.

7　Wolfgangg Behringer.　A Cultural History of Climate[M]. 100.

8　Ibid.:92.

9　Wolfgangg Behringer. A Cultural History of Climate[M]. 1.

祷上帝保佑他们免受冰川之灾。[1]

　　暴动,本质上就是一场粮食危机。"英格兰都锋王朝一直为其治下300万臣民潜在的粮食短缺和饥馑问题而焦虑。作为一个自给型农业大国,英格兰的农耕技术和农具水平自中世纪以来几乎没有什么改进。粮食产量过低无疑令政府忧心忡忡。"[2]为了应对小冰期时代的食品匮乏,节制被当成一种美德弘扬。"对中产阶级和众多精英具有吸引力的思想观念是'克制文化',面对贫困的不断扩大、流浪、盗窃和社会动乱等诸多问题,清教牧师强调节制、自律、热忱,并以此追求道德。"[3] 兰开斯特公爵约翰·刚特曾言,"美味的食物往往不宜于消化。"(第六卷:105)鲍西娅的女仆尼莉莎也认为,"吃得太饱的人,跟挨饿不吃东西的人,一样是会害病的,所以中庸之道才是最大的幸福:富贵催人生白发,布衣蔬食易长年。"(第二卷:89)福斯塔夫因为无法控制自己的胃口,对国家的稳定构成了威胁,最后被哈尔王子抛弃,或许是罪有应得。

　　在许诺将女儿作为礼物赠给腓迪南之时,普洛斯彼罗向对方特别强调了婚礼仪式的重要性和女儿婚前贞操的不可侵犯:"在一切神圣的仪式没有充分给你许可之前,你不能侵犯她处女的尊严;否则你们的结合将不能得到上天的美满的祝福,冷淡的憎恨、白眼的轻蔑和不睦将使你们的姻缘中长满令人嫌恶的恶草。"(第四卷:439)对腓迪南而言,要做到这一点,首要之务便是节制情欲,他向普罗斯帕罗保证:"皎白的处女的冰雪,早已抑服了我胸中的欲火。"(暴:337)"冰雪"这个术语和"处女"联系在一起,显示小冰期已经超越了一般的气象学概念,变成了一种图腾符号,融入莎士比亚时代性爱与婚姻的话语体系,影响着人们对于家庭和性观念的论述。

　　"由于膳食差及日晒雨淋,穷人比富人很可能更容易患病。许多赤贫者亦受苦于营养不良,尤其在收成欠佳的年月。热量摄取的严重不足将会多少降低男性的性冲动,并大大减少女性的性冲动。纵使营养充足,田间劳作的体力消耗也会减少

---

[1]　Brian Fagan. The Little Ice Age: How Climate Made History,1300—1850[M]. 124.

[2]　Brian Fagan. The Little Ice Age: How Climate Made History,1300—1850[M]. 95.

[3]　Jack A. Goldstone. Revolution and Rebellion in the Early Modern World[M]. Berkeley and Los Angeles: University of California Press,1991:129-130.

性欲。在所有社会阶层都既有心理禁制也有生理禁制,更不要提由道德神学所加诸的限制了。"[1]

"塔昆在鲁克丽丝闺房里,深知欲望会带来痛苦后果,但淫欲依旧难当,接着又憎恨性高潮,从而拉开懊悔的序幕。这是一种对男性性体验所持的忧郁而压抑的观点,在这一体验当中,女性躯体的入口就等同于地狱的大门。"[2]

第二节　托勒密宇宙论

面对频繁发生的自然灾害,当时还有一套现成的完备诠释理论,那便是托勒密宇宙体系。在《特洛伊罗斯和克瑞西达》里,精通修辞术的希腊英雄尤利西斯这样说道:

> 诸天的星辰,在运行的时候,谁都恪守着自身的等级和地位,遵循着各自的不变的轨道,依照着一定的范围、季候和方式,履行它们经常的职责;所以灿烂的太阳才能高拱出天,炯察寰宇,纠正星辰的过失,揭恶扬善,发挥它的无上威权。可是众星如果出了常轨,陷入混乱的状态,那么多少的灾祸、变异、叛乱、海啸、地震、风暴、惊骇、恐怖,将要震撼、摧裂、破坏、毁灭这宇宙间的和谐!

(第五卷:231)

天上的星辰遵循各自等级、顺序和轨道有条不紊地运行,人间便呈现出太平盛世、其乐融融的和谐景象。一旦这种秩序被打破,如同潘多拉的匣子被打翻,各种灾难便接踵而至。尤利西斯的这番言论,体现了一种典型的托勒密宇宙观。这一古老的宇宙论,曾经统治西方世界长达一千三百余年,直至17世纪的上半叶,都在欧洲的思想界占据了主导性的地位。彼得·德·梅狄纳在《航海的艺术》一书里,就把地球上的恶劣天气解释为七颗行星的脱轨:"因为它们的运行不一致,也不调

1　Lawrence Stone. The Family,Sex and Marriage in England:1500—1800[M]. New York:Harper and Row,1977:488.

2　贝文顿.莎士比亚:人生经历的七个阶段[M].谢群,姬蕾,余艳,译. 上海:上海外语教育出版社,2013:13.

和,它们使四种元素运动,使可朽的事物腐朽,从而带来阴霾的天气,掀起大海的波涛,导致狂风暴雨。"[1]

托勒密宇宙论的源头,是公元前 6 世纪古希腊的毕达哥拉斯哲学,经过柏拉图和亚里士多德的发展,糅合公元 2 世纪托勒密的天文学,后在中世纪又经由神学家托马斯·阿奎那之手完成了基督教观念的改造。"中世纪和文艺复兴时期的作家把古希腊哲学、神话与传说等众多因素揉进了亚里士多德—托勒密宇宙论,而基督教神学家如奥古斯丁、阿奎那和司各脱等又给它增添了基督教思想,从而使亚里士多德—托勒密宇宙论变成基督教化了的宇宙观。"[2]所以说,托勒密宇宙论是一套极为复杂的宇宙思想体系,它几乎是早期现代以前西方意识形态的浓缩版本。

托勒密天文体系认为整个宇宙是一个完美而有限的空间,地球稳坐在宇宙的中央,岿然不动,而日月星辰则全部按照各自的轨道围绕着地球旋转,从而组成了一个有形的秩序井然且和谐的宇宙。除此之外,还有所谓的概念宇宙,古希腊哲学家们相信那里是神祇的居所。[3]

面对危机四伏的生态环境,"确保和谐的秩序是现实的需要,因而也是英国文艺复兴文学中常见的主题。"在基督徒看来,面对尘世"波涛和寒风间秘密的争斗"或"暴风雨般的辩论"等各种苦难,只要依靠信仰这盏"固定的、透明的明灯",就能到达永恒的"宁静"并最终升华为"与上帝交合的一吻那一瞬间。"[4]

不过,早期现代时期英国人的自然观也因科学的进展而发生变化。"哥白尼的学说,由当时著名的天文学家托马斯·狄格斯介绍到英国并加以阐发,并由于布鲁诺 1580 年到访伊丽莎白宫廷产生的轰动效应,在上流社会和知识阶层影响极为广泛,而狄格斯恰好是莎士比亚的好友和同乡。"[5]

莎士比亚笔下的那些文艺复兴"新人",对尤利西斯所代表的传统观念是深表

---

[1] 胡家峦.历史的星空:文艺复兴时期英国诗歌与西方传统宇宙论[M].北京:北京大学出版社,2001:238.

[2] Ibid.:17.

[3] 胡家峦.历史的星空:文艺复兴时期英国诗歌与西方传统宇宙论[M].北京:北京大学出版社,2001:17.

[4] Ibid.:168.

[5] 杨靖.莎士比亚与科学[OL].中国作家网,2016-05-20[2017-10-20].

怀疑甚至彻底否定的。私生子埃德蒙直接把托勒密宇宙论贬低为一种"现世愚蠢的时尚"：

> 当我们命运不佳——常常使自己行为产生恶果时，我们就把灾祸归罪于日月星辰，好像我们做恶人是命运注定，做傻瓜是出于上天的旨意，做无赖、盗贼、叛徒，是由于某种天体上升，做酒鬼、骗子、奸夫奸妇是由于一颗什么行星在那儿主持操纵，我们无论干什么罪恶行为，全都是因为有一种超自然的力量在驱策我们。明明自己跟人家通奸，却把他好色的天性归咎到一颗星的身上，真是令人吃惊的推诿！[1]

与埃德蒙如出一辙的，是《奥赛罗》中的奸佞之徒伊阿古。他否定了流行的建立在托勒密宇宙观基础之上的占星学，坚信人是自我意志选择的结果，并将人的身体比作一座园圃："我们变成这样那样，全在于我们自己。我们的身体就像一座园圃，我们的意志是这园圃里的园丁。"（第三卷：350）

莎士比亚时代信奉的传统宇宙论，虽然带有浓厚的宗教及神秘色彩，但我们不应彻底否定其前科学时代的科学地位。天体沿着各自轨道有序运行，方能奏响动听悦耳的宇宙和谐乐章，这一基本观点，在笔者看来，无疑是闪耀着现代生态气候学思想的理性光芒。研究发现，尽管气候变化的机制受"自然过程和人类活动"的多方面影响，但轨道和天体自身的确在其中扮演了重要的角色："地球绕太阳轨道的几何参数变化，能引起地球接收太阳的阳光辐射量发生相应变化；阳光辐射量随太阳黑子活动频度而不断变化。"[2]

第三节　作为替罪羊的女巫

根据牛津大学英国文学教授黛安·珀基斯（Diane Purkiss）的研究，以巫术为主题的戏剧表演曾在早期现代英国先后出现过两次繁荣：第一次是在伊丽莎白一世

1　莎士比亚.莎士比亚全集（第六卷）[M].朱生豪,译.裘克安,校.南京：译林出版社,1998：17.

2　Gordon B. Bonan. Ecological Climatology：Concepts and Applications [M]. Cambridge：Cambridge University Press,2016：121.

治下的 1597 年;第二次则出现于詹姆士一世统治时期的 1611 年,其规模较前次也更为庞大。[1]就同一时期的整个欧洲文学作品而言,女巫或魔法师的形象也是屡见不鲜的。1587 年在法兰克福首次出版的《浮士德》一书中,浮士德和魔鬼墨菲斯托签约,把自己的灵魂抵押给魔鬼。魔鬼满足了浮士德的一切肉体欲望,带来他想象中的绝色美女,甚至为他找来了特洛伊的海伦。浮士德与魔鬼交易的故事在欧洲不少地区是家喻户晓的。众多欧洲文人雅士在 16 世纪末至 17 世纪初期间沉迷于巫术幻想之中,在时间点上和小冰期的巅峰期是完全重叠的,这难道仅仅只是一种机缘巧合?

我国文艺复兴时期英国文学研究专家胡家峦教授曾经在他的专著《历史的星空:文艺复兴时期英国诗歌与西方传统宇宙论》一书中,运用西方传统宇宙论的理论,分析过女巫在斯宾塞诗歌中的象征意义。正如意大利人皮科所言,"人有堕落到低一级的野兽般的生命形式的可能。"斯宾塞《仙后》中的妖女阿克拉霞用魔法把她所有的淫荡情人都变成了兽形。胡家峦教授借此例说明:"各级造物在存在之链上所处的位置是可以转移的。"[2]

从人类学的角度看,女巫或者魔法师绝非仅仅只是虚构想象中的生物。她们和人类从古至今长期孕育出来的文化、风俗及生活的自然环境大有关系。文艺复兴时期的欧洲依然处在前科学阶段,"人们并不了解自然现象的产生原理。当目睹月蚀、洪水、雷电与暴风雨等恶劣环境变化时,便赋予它们一个类似于人类的形体肉身,"以消除自己内心的恐惧。这种做法由来已久,可以追溯到诞生人类文明的史前时期。"赋予原因不明的事物具体形貌以求安心的例子相当常见,将厄运归因给凶暴的恶龙、妖怪以及女巫的作为,可以说是全世界共通的现象。"[3]

虽然《圣经》明言:"行邪术的女人,不可容她存活,"[4]但是在中世纪早期,罗马

---

[1]　Diane Purkiss. The Witch in History: Early Modern and Twentieth-Century Representations[M]. New York: Routledge,1996:181.

[2]　胡家峦.历史的星空:文艺复兴时期英国诗歌与西方传统宇宙论[M].北京:北京大学出版社,2001:106.

[3]　井村君江.妖精的历史:神秘精灵的千年传说[M].王立言,译.台北:大雁出版,2007:17.

[4]　圣经(和合本)出埃及记,22:18[M].中国基督教协会,2004 年。(圣经的援引,一般标具体经文的章节,而非页码)

教廷并不承认女巫的存在,各种女巫传闻一律被驳斥为异端邪说。教会法庭拒绝受理民间的女巫控诉案件。到了 13 世纪中叶,随着恶劣气候事件的增多,愈来愈多的欧洲民众开始相信女巫的存在,认为她们法力无边,可以给人类和牲畜带来伤害,可以随意改变各种自然气候。在民间舆论和世俗法庭的双重压力下,罗马教廷自 14 世纪 80 年代起开始松动原先的强硬立场,审理了一些女巫操控天气的案件。1484 年,罗马教皇依诺增爵八世(Pope Innocent VIII)正式宣布承认女巫群体的存在,并指责她们是影响农业,左右天气的罪魁祸首。依诺增爵在训谕中把女巫的具体罪状一一罗列:操控水果、牧场、玉米、小麦及一切谷类的生产;制造气象灾害,"她们可以轻易制造冰雹,也能在海上操控雷电与风暴。"[1]

在 17 世纪前后几十年间,即小冰期的巅峰阶段,欧洲各个地区不约而同地进入女巫审判的高潮。数值统计显示:在此期间内,英、法两国的女巫案发数量分别达到各自的历史峰值,苏格兰和德国也相应爆发规模庞大的女巫审判与猎杀运动。每逢天气寒冷、土地绝收、妇女不育以及紧随危机而来的那些明显"非自然"疾病,人们总会毫无例外地掀起一场审判女巫的狂潮,希望借此机会抓获恶魔并彻底清除有罪之人。[2]

女巫恐惧和猎杀运动前后时间跨度长达 400 年之久,受害者人数据保守估计至少有六万。[3]由于涉案人员众多,案件的审判和判决往往显得极为随意。有一个德国小镇,曾在 24 小时之内处决了 400 个女巫。[4]"巫术是小冰期时代的一种典型罪行。"[5]紧随着异常寒冷的气候,女巫审判案件在政治、宗教及经济上并无太多联

[1] Emily Oster. Witchcraft, Weather and Economic Growth in Renaissance Europe[J]. Journal of Economic Perspectives 18, no. 1 (2004): 220.

[2] Brian Fagan. The Little Ice Age: How Climate Made History, 1300—1850[M]. New York: Harper and Row, 1997: 91.

[3] Ben Crystal. Shakespeare on Toast: Getting a Taste for the Bard[M]. London: Icon Books, 2012, 199; 艾米莉·奥斯特(Emily Oster)认为遇难或受牵连人数有一百万之巨(Emily Oster. Witchcraft, Weather and Economic Growth in Renaissance Europe[J]. Journal of Economic Perspectives 18, no. 1 (2004): 221)。

[4] Emily Oster. Witchcraft, Weather and Economic Growth in Renaissance Europe[J]. Journal of Economic Perspectives 18, no. 1 (2004): 225.

[5] Wolfgangg Behringer. A Cultural History of Climate[M]. 128.

系的欧洲不同地区呈现出一种共时性的急剧上升趋势。这种现象足以说明，小冰期危机确实对早期现代欧洲人投射了巨大的心理阴影。[1]

　　1591 年，一本名叫《苏格兰纪闻》(News from Scotland)的宣传册子在伦敦出版，立即引起英国读者的竞相传阅。在这本资料里有一篇报道，详细记录了正在北贝里郡审理的一桩女巫案。这个案件本身颇具戏剧性，在当时是轰动一时的事件。莎士比亚对这一事件也是极为关注的。不仅如此，他还从中汲取创作灵感，塑造了一个不朽的悲剧人物——麦克白。在写于 1606 年的《麦克白》一剧中，女巫扮演了关键性的角色。苏格兰荒野：雷电交加，天地一片迷蒙。"何时姊妹再相逢，雷电轰轰雨濛濛？"(第三卷:5)正是这样的恶劣气候拉开了悲剧《麦克白》的序幕。三个女巫很快显身了，只见她们一边口中念念有词，一边施展魔法。《麦克白》剧中的每一步行动，都离不开这三个"奇怪的姐妹"们的出现。有学者认为，从某种意义上说，女巫象征着邪恶势力，她们激起沉淀于麦克白灵魂深处的邪恶，同时又使全剧笼罩在一种阴森忧郁的氛围之中。

　　作为军功卓著且处事冷静的苏格兰大将，麦克白为何如此痴迷于女巫三姐妹的预言？现代观众可能难以理解，但是当时的英国观众对此却不会产生丝毫怀疑。因为当时欧洲正处在女巫恐惧的中期，女巫角色的上场会引起观众的骚动。一则关于《麦克白》演出的轶事反映出时人对于女巫的忌讳。据说《麦克白》在当时颇受观众欢迎，许多演员也对之趋之若鹜。但无论演出前还是演出后，演员们都绝口不提剧中的台词。这些演员相信，剧中女巫们的符咒十分灵验，真的能把恶魔召来。演员们甚至害怕在剧院里直呼《麦克白》的剧名，只敢胆战心惊地用"那个苏格兰戏剧"来替代。万一不小心说漏了嘴，提到"麦"这个字，就得沿着剧院四周绕上

1　Wolfgang Behringer. Climatic Change and Witch-hunting: The Impact of the Little Ice Age on Mentalities[M]. 340.对这一现象，也有学者提出了不同的假设，例如:天主教会需要划定道德边界;梅毒以及精神病病例增加使女巫成了替罪羊;职业竞争也使男性医务人员想方设法抹黑产婆和女巫医(Emily Oster. Witchcraft, Weather and Economic Growth in Renaissance Europe[J]. Journal of Economic Perspectives 18, no. 1 (2004): 226)。

三圈,还要边走边吐唾沫以祛除晦气,完成这些仪式之后方才折返。[1]

澳大利亚学者林德尔·罗珀(Lyndal Roper)在《女巫狂热:德国巴洛克时期的惊悚与幻想》(Witch Craze:Terror and Fantasy in Baroque Germany)一书的前言中指出,16 至 17 世纪欧洲爆发的女巫恐惧狂潮牵涉婴儿夭折和产妇产褥期感染,更与牲畜死亡及庄稼歉收有关。《麦克白》中的一名女巫告诉观众:在参加女巫安息日聚会之前,她要先杀死一头猪(Killing swine)。1579 年出版的《察觉女巫》一书是这样描述此类事件的:"曾经,女巫来到名叫罗伯特·拉斯伯里的一户人家……赖着不肯走,惹主人厌烦,让她空手而归。但是,她离开后没过不久,罗伯特家的二十头生猪便暴病而亡了。"[2]

女巫,这些"神秘的幽冥的夜游的妖婆子"(第三卷:53),她们的身上到底有哪些本领? 麦克白对这个问题是一清二楚的。他知道,出现在自己面前的这些女巫,一可"放出狂风,让它们向教堂猛击",二可"掀起巨浪,把航海的船只颠覆吞噬",三可损害庄稼,"使谷物的叶片倒折在田亩上。"(第三卷:53)女巫的法力无所不能,可以使"大自然所孕育的一切灵奇完全归于毁灭。"(第三卷:53)《麦克白》里的三个女巫,完美体现了小冰期时代的异常生态特征。女巫这个名词,意味着对生命力、生殖力的摧残。从本质上讲,女巫恐惧是对丰产(fertility)的一种隐忧。[3]

在早期现代时期,英国人已经普遍相信拥有超凡力量的女巫的存在。在历史剧《亨利六世上篇》中,英格兰大将塔尔博是以一种降魔者的身份出现在观众面前的。他叱责贞德是一名可恶的女巫:"管你是鬼小子还是鬼婆娘,我都要将你降伏。我要放你的血——你本是一个女巫——我这叫你的灵魂去见你侍奉的那个家

1　苏福忠.瞄准莎士比亚[M].北京:人民文学出版社,2017:41; Garry Wills. Witches and Jesuits:Shakespeare's Macbeth[M]. New York:New York Public Library and Oxford University Press,1995:3.

2　William Shakespeare. Macbeth,ed. Kenneth Muir,Second Series[M]. London and New York:Arden Shakespeare,1951:11.

3　Lyndal Roper. Witch Craze:Terror and Fantasy in Baroque Germany[M]. New Haven and London:Yale University Press,2004.

伙。"[1] "鬼婆娘"一词在原著中是"devil's dam",即魔鬼的母亲,用 dam 这个主要用来指称动物而非人类的单词,则是为了突出贞德的堕落。传闻若能令其身体溅血,女巫的法力便即刻消散。[2] 塔尔博是个圣经悲剧英雄力士参孙式的人物,他精忠报国,最后战死沙场。莎士比亚笔下的塔尔博,带有一股浓郁的伊丽莎白时期理性主义者的精神气质。但是,把贞德视作女巫的这种言论显示,塔尔博并没有完全摆脱执迷于女巫猎杀的那些地方法官们的思维窠臼。[3] 令现代观众沮丧的是,戏剧的结尾部分显示,塔尔博把贞德视为一个女巫,这个判断是准确无误的。战败后的贞德,如同《麦克白》里的女巫三姐妹,在雷声大作的法国安吉尔斯平原上兴妖作法,召唤撒旦派遣的使者们。只要魔鬼帮助她打败英军,她再三向对方许诺,自己的灵魂、肉体及所有的一切都可以出卖:"如果你们答应我的请求,我愿将我的身子送给你们作为酬谢。"(第七卷:78)剧中结尾,是有关于贞德受刑场面的恐怖描写。假装仁慈的华列士伯爵建议:"姑念她是一个女子,你们在火刑柱前,多堆一些柴草,浇上几桶油脂,让她死得快些,少受一些折磨。"(第七卷:86)

　　就这样,贞德在莎士比亚的笔下变成了一个生活放荡、为达目的不惜与撒旦进行肉体交易的女巫。用火烧死她实在是一件大快人心的事情。在当时欧洲的女巫猎杀狂潮中,对于那些被绑在火刑柱上烧成灰烬的女巫,除了被控造成谷物歉收,导致孕妇反复流产,她们还背负了一项严重罪行。在严刑拷打之下,这些妇女都不得不坦白:她们曾见识过撒旦的下体。[4] 欧洲历史上第一起公开处决女巫的事件发生在 1275 年。该年,法国图卢兹地方宗教法庭以"施展巫术"的罪名判处老年妇女安热拉·德·拉·巴尔特(Angele de la Barthe)死刑。[5] 这个不幸的女人被当众扔进

---

[1]　此段译文由覃学岚翻译,辜正坤校对,笔者稍作改动。参见:莎士比亚.莎士比亚全集[M](第八卷),方平,译.上海:上海译文出版社,2014:35.

[2]　William Shakepeare. King Henry VI, Part 1, ed. Burns Edward, Third Series[M]. London and New York: Arden Shakespeare, 2000:157.

[3]　Ibid.:47-8.

[4]　David M. Friedman. A Mind of Its Own: A Cultural History of the Penis[M]. New York: Free Press, 2001:2.

[5]　Rossell Hope Robbins. Encyclopedia of Witchcraft and Demonology[M]. New York: Crown Publishers, 1959:287.

火海化为灰烬。与魔鬼发生性关系是她的主要罪名之一,判决书指控她:"经常和撒旦交媾,并于七年前即53岁时,产下一个狼头、蛇尾的怪胎。"[1] 1595年,德国一位名叫格特鲁德·康拉德的寡妇,在刑讯逼供之下,编造了自己与魔鬼交往的全部细节:魔鬼"头戴黑帽、饰以黑色羽毛"光天化日穿过牧场来到她家,要求与之发生关系。接着,格特鲁德和魔鬼进行了两次交媾,一次是在卧室里,另外一次则发生是在厨房的一个角落里。康拉德还交代,魔鬼拥有异常冰冷的下体。[2] 欧洲十七世纪最著名的女巫当数59岁的德国妇人安娜·帕彭海默(Anna Pappenheimer)。据传,她"用她的魔杖画了一个圆圈"一下子就召来了四个魔鬼。帕彭海默与撒旦交欢的体验是在巴伐利亚的大麦田里获得的。当时,一个黑衣装扮的陌生人走了过来,摘下帽子,对这个贫穷的女人彬彬有礼。"天气真好呀,夫人,"他说。"马上要到春天了,对不?"帕彭海默把脸转了过去。"别装作不认识我,"那个男人说,"我是路西法,有时又被叫作恶魔。其实如果你信任我,我会是个不错的朋友。"他温柔地抚摩帕彭海默的脸。她很快就体会到一种从未有过的心旌荡漾。他的阴茎进入了她的体内,帕彭海默一阵颤栗。她后来告诉异端裁判官,"那东西凉得像块冰。"[3]莎士比亚把法兰西的女英雄圣女贞德描绘成一个放荡不羁的女巫,反应了他狭隘的民族主义立场,或许也是横亘于早期现代欧洲人心目之中女巫恐惧的折射。

戴维·弗里德曼(David Friedman)认为,人们制造女巫与撒旦交媾这一耸人听闻的罪状,是出于对女性生理和心理的不解,以及传统中根深蒂固的女性偏见。[4]现代医学研究则发现,这种现象实际上是麦角碱中毒症(Ergotism)的一种临床反应。前文提过,在小冰期时代,麦角病也就是令欧洲人闻之丧胆的"圣安东尼之火"。谷物在阴冷潮湿的环境中常常受到麦角菌的侵染,并产生一种毒性非常强的毒素,麦角酸二乙基酰胺(LSD)致幻剂就来源于它。LSD会使麦角病患者产生很多稀奇古

[1] Henry Charles Lea. History of the Inquisition of the Middle Ages, vol. 3[M]. New York: Harper and Brothers,1888:384.

[2] Lyndal Roper. Witch Craze: Terror and Fantasy in Baroque Germany[M]. New Haven and London: Yale University Press,2004:44.

[3] David M. Friedman. A Mind of Its Own: A Cultural History of the Penis[M]. New York: Free Press,2001:3.

[4] Ibid.:2.

怪的幻觉,其中就包括看到撒旦甚至与之交媾。[1]

在悲剧《奥赛罗》中,嫉妒心强的伊阿古唤醒睡梦中的威尼斯元老勃拉班修,告诉对方他的宝贝女儿被奥赛罗拐跑了。伊阿古以十分猥亵的语气描述:"就在这时候,就在这一刻工夫,一头老黑羊在跟您的白母羊交尾哩。起来,起来!打钟惊醒那些酣睡的市民,否则魔鬼要让您抱外孙啦。"(第三卷:344)用"一头老黑羊"来比拟奥赛罗,伊阿古的用心是非常刻毒的:首先,老夫少妻配在当时经常受到人们的奚落,伊阿古故意突出奥赛罗和苔丝狄蒙娜两人之间的年龄差异;其次,传统观念认为,魔鬼是黑色的,伊阿古挪用了这个概念,把天生黑肤的奥赛罗和漆黑一团的魔鬼划上等号;最后,公羊(ram)在英文中往往代表情欲放纵之人。[2]容易让人联想到希腊神话中的森林之神萨蒂尔(Satyrs),这是一只长有公羊角、腿和尾巴的荒淫无度的怪物。"一头老黑羊"这个术语,是对奥赛罗的贬损,更是对苔丝狄蒙娜的污蔑。在伊阿古的嘴里,她俨然已经堕落成一个专事与魔鬼交欢的异教徒。奇怪的是,起初贬斥伊阿古为一派胡言的勃拉班修,当他发现女儿和奥赛罗相好后,跑到元老院控告这个摩尔人,使用的竟然也是"行使邪术"的罪名。勃拉班修相信,若非"用邪恶的符咒欺诱她的娇弱的心灵,用药饵丹方迷惑她的知觉",苔丝狄蒙娜无论如何也是不会"背着尊亲",投奔到奥赛罗"这个丑恶的黑鬼"(第三卷:349)的怀里的。伊阿古不仅唤醒了一个年长的父亲,也唤醒了台下观众潜意识中对于魔鬼侵犯妻女贞操的性恐惧。

《奥赛罗》悲剧中最吊诡的内容是关于那"一方绣着草莓花样的手帕"(第三卷:402)的叙事。奥赛罗这样告诉妻子:

> 那方手帕是一个埃及女人送给我的母亲的;她是一个能够洞察人心的女巫,她对我的母亲说,当她保存着这方手帕的时候,它可以使她得到我的父亲的欢心,享受专房的爱宠,可是她要是失去了它,或是把它送给旁人,我的父亲

---

[1]　"LSD," Wikiquote, last modified February 20, 2017, https://en. wikiquote. org/wiki/LSD; Lamb,Climate,History,and the Modern World:199-200.

[2]　William Shakespeare. Othello,ed. E.A J. Honigmann,Third Series[M]. London and New York: Arden Shakespeare,1997:121-122.

就要对她发生憎厌,他的心就要另觅新欢了。她在临死的时候把它传给我,叫我有了妻子以后,就把它交给新妇。我遵照她的吩咐给了你,所以你必须格外小心,珍惜它像珍惜你自己宝贵的眼睛一样;万一失去了,或是送给别人,那就难免遭到一场无比的灾祸。 (第三卷:406)

面对半信半疑的妻子,奥赛罗又补充道:"真的,这一方小小的手帕,却有神奇的魔力织在里面;它是一个二百岁的神巫在一阵心血来潮的时候缝就的;它那一缕缕的丝线,也不是世间的凡蚕所吐;织成以后,它曾经在用处女的心炼成的丹液里浸过。"(第三卷:406)奥赛罗的这段话,把他的父母与某种异教信仰联系在一起,容易让人联想到北非的巫医传统。[1]而关于这块手帕的背景被叙述得如此奇特又如此细致,似乎暗示奥赛罗本人对巫术素有研究甚或笃信不疑。面对怒火中烧的丈夫,苔丝狄蒙娜也不得不哀叹:"这手帕一定有些不可思议的魔力;我真倒霉把它丢了。"(第三卷:407)

丢失了这件小小的布块,也就丢失了人生的美好姻缘。在中世纪和文艺复兴时期的诗歌传统中,手帕是女人浪漫爱情的有力象征。当一个女人对某位骑士情愫暗生时,她往往会走到他的身旁,故意丢下一块手帕,以这种方式来隐晦表达爱意。在《奥赛罗》中,这方小小的布块,在文本中先后被提及三十多次。它的象征意义构成了悲剧的核心。约翰·A.霍奇逊(John A. Hodgson)认为,这枚方帕是"婚床床单"的代称,象征着苔丝狄蒙娜的贞操和名节。[2]在奸佞之徒伊阿古"今天我看见凯西奥用这样一方手帕抹他的胡子"(第三卷:402-403)一语的暗示下,奥赛罗最终确信他的婚床已经遭到坏人的玷污。

此外,剧本里还多次提及这方白色手帕上点缀着的草莓花样。草莓这种图案也是颇具象征意味的。劳伦斯·J.罗斯(Lawrence J. Ross)认为,草莓在西方文学传统中具有某种悖论性质的寓意。它既能代表"纯洁善良的好人,"又能表示"道貌岸

---

[1] William Shakespeare. Othello, ed. E.A J. Honigmann, Third Series[M]. London and New York: Arden Shakespeare, 1997:23.

[2] John A. Hodgson. Desdemona's Handkerchief as an Emblem of Her Reputation[J]. Texas Studies in Literature and Language 19, no. 3 (1977):315.

然的虚伪之徒。"[1] 草莓在维吉尔的《牧歌》中暗示了某种潜伏的邪恶,在奥维德的《变形记》里则代表着人间天堂,是黄金时代田园牧歌生活里的典型食品。[2]

草莓图案时常出现在宗教宣传和家庭刺绣中,是早期现代英国日常生活中最为常见的水果之一。[3]这种现象和当时的生态环境是有关系的。对草莓素有研究的美国园艺学家乔治·达罗(George M. Darrow)指出,莎士比亚笔下的草莓是一种比现代草莓小很多的"林地草莓"(Fragaria vesca)。[4]在 17 世纪 20 年代引进美洲草莓之前,林地草莓是欧洲地区最主要的草莓品种。这种草莓的特点是:一年内可多次开花结实直至秋霜来临;抵抗潮湿、寒冷和病虫害的能力强,"无论种植环境有多么恶劣,它总是能够茁壮地成长。"[5]草莓匍匐地面,却不受周遭环境污染。如同莲藕在中国人心目中的出淤泥而不染形象,草莓的这个生理学特性也被敷上一层道德价值判断色彩。[6]伊里主教曾经用草莓的成长来解释亨利五世的前后巨变:"草莓生于荨麻之下,健硕的浆果在低级的果实旁边长得最为茂盛肥大。"[7]

不管怎样,莎士比亚给这张手帕增添了神秘的魔幻色彩。我们不妨把这方绣着草莓的手帕看成是一个物化了的魔鬼:它让奥赛罗醋意大发、失去理智,变成铁石心肠的屠夫;它让苔丝狄蒙娜沉醉在自我编制的爱情幻想之中,"一个人的时候就拿出来把它亲吻,对它说话;"(第三卷:398)它释放出伊阿古这个"比痛苦、饥饿和大海更凶暴"(第三卷:454)的地狱猛犬(Cerberus)来到人间,制造了《奥赛罗》一剧中的所有悲哀。

---

[1] Lawrence J. Ross. The Meaning of Strawberries in Shakespeare[J]. Studies in the Renaissance 7, no. 7 (1960): 230.

[2] Charles R. Forker. Fancy's Images: Contexts, Settings, and Perspectives in Shakespeare and His Contemporaries[M]. Carbondale, IL: Southern Illinois University Press, 1990:93.

[3] Lawrence J. Ross. The Meaning of Strawberries in Shakespeare[J]. Studies in the Renaissance 7, no. 7 (1960): 230.

[4] George M. Darrow. The Strawberry: History, Breeding and Physiology[M]. New York: Holt, Rinehart and Winston, 1966:17.

[5] George M. Darrow. The Strawberry: History, Breeding and Physiology[M]. New York: Holt, Rinehart and Winston, 1966:16.

[6] William Shakespeare. King Henry V, ed. T. W. Craik[M]. London and New York: Arden Shakespeare, Third Series, 1995:126.

[7] 莎士比亚.亨利五世[M],梁实秋,译.北京:中国广播电视出版社,2001:23.

在莎士比亚的笔下,女巫通常被描述为撒旦或者黑暗地狱的同伙。《亨利五世》里的剧情说明人把黑夜比作一个步履蹒跚的丑恶巫婆,只见她"一步一拐,走得这样地慢。"(第六卷:458)《特洛伊罗斯与克瑞西达》一剧则再次把女巫和地狱天然地联系在一起。特洛伊罗斯抱怨"可恨的女巫"像"地狱中的长夜一样,"(第五卷:283)徒然增添了人间的许多烦恼。牛津大学知名历史学家基斯·托马斯爵士(Sir Keith Thomas)分析:

> 对于普通的村民、劳工、店主和小农来说,巫术是一种超自然的力量,可以左右躯体的健康与否。女巫有善良与邪恶之分,即纯洁女巫和黑暗女巫。善良女巫用符咒、祈祷或其他形式的神秘活动来治愈病人。黑暗女巫则操纵妖术,制造祸端,轻则导致宠物和牲畜受伤,重则造成儿童与成人的伤害或死亡。出于对巫术的恐惧,当时涌现了大批引经据典的鬼魔学书籍,详细描述黑暗女巫如何飞越天空去参加邪恶聚会,在那里举行淫秽仪式并与撒旦交媾,最重要的,是和魔鬼签订契约。换言之,她们是一群为了撒旦而背弃上帝的异教分子。因此,宗教改革之后出现了大规模的女巫迫害。每一个人,无论是信奉新教还是天主教,都不分派别地致力于实现全民的基督教皈依。在这一过程中,人们对任何的异端邪说都格外警惕。于是,必须采取相应措施以对付那些术士或仙灵。这种现象在教会势力强大的国家尤为明显,苏格兰便是其中的一个典型代表。[1]

1541年,正值都铎王朝亨利八世的统治晚期,英国首次颁布女巫法案,明文禁止"念咒、巫术、妖术及魔道"等行径。在莎士比亚诞生的前一年即1563年,不列颠二次立法,再度反对"招魂与巫术"甚至威胁将以重罪论处"以符咒召唤恶灵"的行为。不过,除非牵涉到命案,行使巫术者一般不会被判处极刑。"伤害人类或牲畜,利用巫术寻找宝藏或引诱产生非法性关系,顶多只会受到关押监禁或带伽示众的

1　Neil MacGregor. Shakespeare's Restless World[M]. London: Penguin Books,2014:82-83.

惩罚。"[1]大体说来,和欧洲其他地区相比,英格兰在 16 世纪中期以前对女巫的态度并不算是特别严苛。

随着 17 世纪的来临,变幻无常的天气,再加上政治生态的恶化,使得英国对巫术的态度也日趋严厉。一个游历英格兰的德国人于 1592 年写道:"这种地方发现了许多女巫,她们经常利用冰雹和暴风雨制造灾害。"[2]创作于 1589 年至 1592 年间的《亨利六世中篇》叙述,亨利王下令把葛罗斯特公爵夫人艾丽诺的同伙——女巫玛吉利·乔登,"着即于肉市烧成灰烬。"(第七卷:130)历史文献显示,在伊丽莎白一世执政的 16 世纪八九十年代,英格兰的女巫审判和处决案件突然出现了大幅度的增加。[3]教团在不列颠各地四处搜寻巫婆、神汉和魔法师。议会不断颁布法令,以死刑论处一切从事巫术、妖术和魔术之人。法律禁止用魔咒或其他非法手段占卜女王陛下的寿命或任期,或谁将在女王身后继承英格兰王国的大统。勃金汉公爵对艾丽诺的指控是非常清晰的。公爵夫人的最大罪状便是,通过女巫和法师打听"吾王陛下以及朝中的枢密大臣们的寿算和前途。"(第七卷:126)

詹姆士一世登基之后,英国迅即于 1604 年颁布一道更为严苛的女巫法案。它细致地规定"严禁任何人以任何目的,咨询、立约、招待、雇佣、抚养或酬谢任何魔鬼或邪恶的幽灵;严禁把任何已死亡成人或儿童尸体从坟墓或其它长眠之地掘出,不得使用死人的皮肤、尸骨或身体的其它部位,用于任何形式的巫术、魔术、蛊术或妖术;严禁使用、运用或训练任何巫术、妖术、蛊术或魔术使任何人遭受杀害、毁灭、浪费、消耗、憔悴或身体残废。"[4]与以往相比,这项新法案赋予了法官极大的自主裁量权,可以直接判处嫌犯死刑,无需考虑案情牵涉人员伤亡与否。[5]

[1]　Neil MacGregor. Shakespeare's Restless World[M]. London：Penguin Books,2014:83.

[2]　Stephen Greenblatt. Will in the World, How Shakespeare Became Shakespeare[M]. New York and London：W.W. Norton & Company,2004:343.

[3]　Diane Purkiss. The Witch in History：Early Modern and Twentieth-Century Representations[M]. New York：Routledge,1996:185.

[4]　Stephen Greenblatt. Will in the World, How Shakespeare Became Shakespeare[M]. New York and London：W.W. Norton & Company,2004:343-345.

[5]　Brian A. Pavlac. Witch Hunts in the Western World：Persecution and Punishment from the Inquisition through the Salem Trials[M]. Westport, CT：Greenwood Press, 2009, 142; Ben Crystal. Shakespeare on Toast：Getting a Taste for the Bard[M]. London：Icon Books,2012:197-8.

当然,除了严峻的生态环境,1604 年通过的那项法案也笃信女巫存在的詹姆士本人有着密切的关系。正如前文所述,詹姆士认为,自己当年亲身经历的那场暴风,并非只是单纯的自然现象,而是邪恶的苏格兰女巫在居中作祟。1590 年,詹姆士六世亲自主导了苏格兰北贝里克郡的女巫审判案,他还"特制刑具以为拷打之用。"[1] 这是苏格兰历史上的首次大规模女巫迫害事件。整个审判过程持续了两年时间,有七十多人受到牵连,其中包括博斯韦尔五世伯爵(5 th Earl of Bothwell)。女巫嫌犯们被迫供认如下罪状:她们在靠近北贝里克海港的地方接连举行过多场女巫大聚会;与魔鬼夜间幽会并立约;策划对国王和王室投毒;阴谋颠覆国王坐船。1584 年,有个叫斯科特的人刊印题为《巫术真相》("Discoverie of Witchcraft")的小册子,直指巫术为迷信之谈,引起詹姆士的大怒,专门撰写名曰《鬼魔学》(Demonologie)一书以辟之。[2] 这本刊于 1597 年的巫术研究专著着重强调了女巫的真实存在和对王国构成的威胁。詹姆士本是饱学之士,他在书中煞有介事地告诉读者,女巫们可以:"在海洋或者陆地的上空,制造风暴和飓风。虽然她们并非无所不能,但在某些独特和限定区域,上帝亦会许可她们制造事端。这些灾难和任何正常暴风雨的区别是十分显著的。在爆发的突然性、猛烈性及持续时间长短上,正常产生的暴风雨宛若流星一般,转瞬即逝。"[3]

1603 年,詹姆士被伊丽莎白一世指定为英格兰王位继承人,他好几年前写的《鬼魔学》也随之鸡犬升天,受到英国臣民的热烈追捧。仅在 1603 年这一年之内,这部新国王陛下思想语录就在伦敦连续刊印了两次。[4] 上有所好,下必甚焉。1605 年秋,已经即位的詹姆士临幸牛津大学,大学方面特于圣约翰学院大门前表演露天短剧以示欢迎。这个短剧是用拉丁文写的,名字就叫《三女巫》(Tres Sibyllae)。只见三个大学生身披法衣扮作女巫,径直走到国王跟前,举起手来向他致敬:"万岁,你这统治苏格兰的王! 万岁,你这统治英格兰的王! 万岁,你这统治爱尔兰的王!"

1 莎士比亚.麦克白[M].梁实秋,译.北京:中国广播电视出版社,2001:8.
2 莎士比亚.麦克白[M].梁实秋,译.北京:中国广播电视出版社,2001:8.
3 Faith Nostbakken. Understanding Macbeth: A Student Casebook to Issues, Sources, and Historical Documents[M]. Westport, CT: Greenwood Press,1997:107.
4 Stephen Greenblatt. Will in the World, How Shakespeare Became Shakespeare[M]. New York and London: W.W. Norton & Company,2004:342-343.

这场表演竭尽溜须拍马、曲意奉承之能事，光是"万岁"（hail）一词就接连呼喊了十几次，让自大而又迷信的詹姆士王甚为满意。[1]据说，莎士比亚那个夏天就住在牛津。[2]他对这场演出以及新国王的脾气和爱好应该已经有所耳闻。不难看出，他在《麦克白》中利用了新国王广为之人的这两件事，甚至直接照搬《三女巫》的情节。特别是在第一幕第三景，当女巫对班柯说："你虽然不是君王，你的子孙将要君临一国"（第三卷：10）一语时，想必台下的詹姆士也一定是受用不尽的。

事实上，一股狂热的鬼神学研究风潮正在欧洲各地强劲刮起。除了詹姆士，代表人物还有法国学者让·博丹（Jean Bodin）、特里尔副主教彼得·宾斯费尔德（Peter Binsfeld）、勃艮第法官亨利·博盖（Henri Boguet）和洛林检察官尼古拉斯·雷米（Nicolas Remy）等人。这些社会精英们得出的研究结论大致雷同：通过与魔鬼立约，女巫们掌握了呼风唤雨的妖术，是一切气象灾难事故的肇事元凶。[3]《亨利五世》里的致辞者暗示，术士们可以通过口中的念念有词让海峡"风平浪静。"（第六卷：414）《亨利八世》中的宫内大臣打趣，千万不要让两个女人坐在一起，因为她们会结冰，制造寒冷天气。[4]《麦克白》中的女巫甲则向观众炫耀了自己制造的海上风暴和沉船事件："刮到西来刮到东。到处狂风吹海立，浪打行船无休息；终朝终夜不得安。"（第三卷：8）

《亨利六世中篇》在剧情展开之前，首先出现在观众眼前的是发生在葛罗斯特公爵邸宅密室里的一幕：公爵夫人艾丽诺正在小声叮嘱教士休姆去积极联络"机灵的玛吉利·乔登巫婆和罗杰·波林勃洛克魔法师。"（第七卷：108）葛罗斯特公爵是权倾朝野的护国公，可他的夫人艾丽诺却如此愚昧，似乎有点不合情理。然而，像艾丽诺那样身居高位且热衷巫术之人，在伊丽莎白一世时代的英国却是比比皆是

[1] Henry N. Paul. The Royal Play of Macbeth：When，Why，and How It Was Written by Shakespeare [M]. New York：Macmillan，1950：164.

[2] Henry N. Paul. The Royal Play of Macbeth：When，Why，and How It Was Written by Shakespeare [M]. New York：Macmillan，1950：16.

[3] Stuart Clark. Thinking with Demons：The Idea of Witchcraft in Early Modern Europe[M]. Oxford：Oxford University Press，1999：573.

[4] William Shakespeare and John Fletcher. King Henry VIII（All Is True），ed. Gordon McMullan [M]. London and New York：Arden Shakespeare，Third Series，2000：257-8.

的。据史料记载,宫内大臣乔治·凯里(Sir George Carey)的岳母凯瑟琳·贝克莱夫人(Lady Katharine Berkeley)曾与 1599 年某日深入沃里克郡的亚登森林,专程拜访隐居此地的某位魔法师。[1]

甚至连伊丽莎白女王本尊,和巫师的关系也是极为密切的。她的御驾之前不乏知晓天文地理的玄通大师。女王对一个名叫约翰·迪伊(John Dee)的人尤其信赖,把他任命为护国大法师,就连自己的加冕时辰也要经过他的卜算。迪伊是一位百科全书式的人物,当时的英国民众对他崇拜有加,视其为无所不能之厉害人物。坊间谣传:迪伊有一双可以预知未来的慧眼,他曾提前四年观测到苏格兰女王被黑衣男子断头以及西班牙无敌舰队大举入侵英格兰的幻象。[2]

这段时期的英格兰大众文化里流传着许多驱魔辟邪的方法。为了让居家、旅行或婚姻免受女巫的破坏,这些预防性措施五花八门,可谓无所不用其极。[3]而普通苏格兰人的迷信也并不亚于他们的君王。或许正是出于对女巫的恐惧,他们精心打造了一艘漂亮的帆船模型,陈列在利斯港,作为呈献给上帝的祭品,祈求"万能的主"保佑他们免遭一切海上磨难,满载货物平安归来。[4]

最后,女巫在莎士比亚时代也是一个政治、性别及宗教问题。天主教宣传把伊丽莎白一世和撒旦紧密捆绑在一起。天主教徒四处造谣,鉴于母亲安妮·博林的女巫身份早已得到法庭的明确认定,伊丽莎白作为案犯的亲生女,自然也无法摆脱干系。[5] 在苏格兰天主教徒看来,伊丽莎白亲手下达处死玛丽的指令,便是受到魔

---

[1] 此人据说也是《驯悍记》中悍妇凯瑟丽娜的现实生活原型。See Shakespeare, As You Like It, 72.

[2] Charlotte Fell-Smith. John Dee[M]. London: Constable & Company, 1909:95-6.

[3] Stuart Clark. Thinking with Demons: The Idea of Witchcraft in Early Modern Europe[M]. Oxford: Oxford University Press, 1999:441.

[4] Neil MacGregor. Shakespeare's Restless World[M]. London: Penguin Books, 2014:82.

[5] 安妮被敌对势力丑化成一只皮肤黝黑、长颈阔嘴、奇丑无比的"半夜寒鸦。"不仅如此,天主教徒们还四处造谣,说她是极度淫荡的女巫,长了三只乳房和六个手指。他们指控:安妮用巫术诱骗亨利王抛弃原配凯瑟琳;后又故伎重演,施展妖术掩人耳目,与超过一百号的男子淫乱(See "Anne Boleyn," Wikipedia, last modified September 24, 2017. https://en.wikipedia.org/wiki/Anne_Boleyn)。

鬼指使的一个明证。[1]但是,在莎士比亚的戏剧里,同样操控气候的男性巫师,却享有比女巫高得多的待遇。他们往往被塑造成知识渊博、兼有人文主义气质的权威形象。普洛斯彼罗时常拿"全身佝偻得都像一个环了"(第四卷:397)的女巫西考拉克斯来吓唬侍从爱丽儿,让他乖乖为自己辛苦奔劳。有意思的是,他的恫吓对于精灵爱丽儿来说,仿佛是一道紧箍咒可以起到立竿见影的作用。普洛斯彼罗和西考拉克斯,两者都是具备呼风唤雨能力的魔法师,在对待下属的恶劣态度上也是彼此不分上下的。但爱丽儿却宁愿伺奉前者而竭力躲避后者,这是很有意思的。毕竟,世界是一种阴性空间,需要男性智慧的耕耘。作为魔法师兼荒岛主人的普洛斯彼罗,他的身上体现了一种符合时代期盼的男性气质。如同普洛斯彼罗,詹姆士一世也积极把自己包装成一个权威君主兼睿智先知(魔法师)的所罗门王形象。然而,清教作家巴纳贝·巴恩斯(Barnabe Barnes)却通过《魔鬼的特许》一剧嘲讽了詹姆士的努力。作者带着一股强烈的反天主教倾向,把剧中的魔法师们丑化成"暴君、骗子甚至是娘娘腔十足的同性恋者,"[2]从而解构了所谓的权威兼智慧的理想君主形象。

巫术是莎士比亚时代英国人日常生活中的一部分,有关女巫的奇闻和偏见随处可见。莎士比亚本人和乡村生活的联系根深蒂固,一定耳闻甚至清楚知道一些女巫案件。牲畜染病、庄稼受损或儿童死于长期疾病等现象都被解释为是有人在附近施展邪恶妖术所造成的。特别是"当遭遇意外打击——譬如猛烈的风暴、神秘而消耗性的疾病、令人费解的阳痿——人们就会凶恶地抱怨那些深居陋巷尽头茅舍里的穷困、丑陋、且毫无还手之力的老妪。"[3]美国学者加里·威尔斯(Garry Wills)指出:"事实上没有哪一部莎士比亚戏剧能够离得开巫术,有些隐喻是建立在巫术的基础之上的,还有些术语则是在技术层面上与之直接相关。"[4]

1 Diane Purkiss. The Witch in History: Early Modern and Twentieth-Century Representations[M]. New York: Routledge,1996:186.

2 Ibid.:184.

3 Stephen Greenblatt. Will in the World, How Shakespeare Became Shakespeare[M]. New York and London: W.W. Norton & Company,2004:343-344.

4 Garry Wills. Witches and Jesuits: Shakespeare's Macbeth[M]. New York: New York Public Library and Oxford University Press,1995:35.

结　语

一万五千年前,冰河开始逐渐退去,地球气温开始上升,海平面也开始上升,人类的所有文明和信史都在这段温暖的时期内相继出现。气候学上把这段时期称为"全新世",它是人类物种的漫长夏天。小冰期中的寒冷事件与"全新世"温暖湿润的基本气候特征是背道而驰的。虽然相较于整个"全新世"时期,或者地球46亿年的漫长历史,它只是短暂的瞬间,却对人类社会的演进产生了深远的影响。

在21世纪的今天,人类虽然取得了科技上的巨大进步,但却不得不面临生存环境的严峻挑战。"土壤侵蚀;地下水干涸;森林遭到砍伐和焚烧;物种与文化消失无踪;收入分化破坏人类团结一致的可能。在过去的十年里,所有这些危机都变得更加严重,而如今更有甚于此的,是全球变暖的新现实。气候剧变,已不再停留于理论,它已经并必将继续让我们体会苦涩的滋味。"[1]对于这颗蓝色星球上的危若累卵的脆弱生态,斯洛维克发出忧心忡忡的醒世恒言:"现在的问题不是工业国家的短期经济繁荣,而是我们种族在这个星球上长期生存的问题。这颗行星,正因干旱或严寒,蜕化成一块无法栖居的不毛之地。"[2]

乍看上去,文学批评中的环境转向,长期以来总是犹抱琵琶半遮面,直到近年方才蹒跚而至,这似乎是一种令人奇怪的现象。如果说今天的环境批评,依旧只是一个破茧发芽的新型话语,那么它的根基,却是十分古老。[3]人类最早的故事,就是关于地球的诞生故事,就是关于地球因诸神或人类独创性智慧而发生各种改变的故事。布伊尔指出:"创造性的艺术和批评对理论、想象和技术究竟是如何使得物质世界被连接、吸收和重塑一直持有浓厚的兴趣。"[4]气候变化的故事不能由科学垄断,必须有人文学科的参与。正如唐纳德·沃斯特所言,"尽管科学家能精确界定

1　Scott Slovic. Going Away to Think: Engagement, Retreat, and Ecocritical Responsibility[M]. Reno and Las Vegas: University of Nevada Press, 2008: 83.

2　Ibid.: 130.

3　Lawrence Buell. The Future of Environmental Crisis and Literary Imagination[M]. Malden, MA: Blackwell Publishing, 2005: 2.

4　Ibid.: 1.

碳的物理来源,但不能解释为什么我们会有制造碳的社会以及促使这些社会生产碳的道德、力量,而这些问题就植根于文化之中,也就是说,植根于我们的伦理信仰中。"为此,"这就必须有人文学科的广泛参与,必须有生态批评进行深度阐释,必须倾听生态批评学者的呐喊。"[1]

"在 20 世纪 90 年代,气候变化概念开始进入文化想象领域。如同其他全球系统性的嬗变,不论是否与生态相关,气候变化对传统上以个人、家庭或国家为聚焦对象的叙事及抒情形式构成了一个挑战,它亟需作家能从迥然相异的多维层面,清晰地阐明不同事件彼此之间的关联性。"[2]对作家作品的要求如此之高,对作品的受众尤其是评论者们,也要有相应的,具备环境意识的欣赏和批判水平,才能做到琴瑟和鸣。

1575 年至 1625 年,是英国文艺复兴文学的"黄金时代",但辉煌的背后,伴随着寒冷的诅咒。这一时期同时又被称为"小冰期"的巅峰阶段。不列颠群岛和欧洲大陆的大部分地区,在莎士比亚生活的年代都经历了令人不安的天气反常现象。寒冷的冬天紧随着潮湿的夏天,一连串的作物歉收导致哀鸿遍野。除了极个别的社会上层人士,生活,对于大部分的普通英国民众而言,是一场危机四伏的痛苦折磨。这是一个饥饿的时代。这样的时代背景,对于普罗大众而言,意味着人生的不确定与动荡不安。但对文艺工作者而言,却可能意味着一片可以不断收集到新的生活素材、发掘出新的表现主题的富矿。

在糟糕的气候下,土地的生产力下降。夏季缩短,植物生长期也变短。重临欧洲的五月霜冻能毁掉一整年的收成。风暴也变得频繁。影响中纬度的风暴大多是南下北上的冷暖气团造成的。由于北方的严寒,气团交换更加频繁,风暴也因此频发。洪水冲走稀薄土壤,削弱土地的肥力。一些相对贫瘠的土地沦为荒地,欧洲的森林覆盖率戏剧性的走高。英格兰一度繁荣的葡萄种植走到尽头,法国的许多村落也被废弃。阿尔卑斯山的冰川扩张到山间的峡谷,占领了牧场的草地。

17 世纪的星象学家忠实的记录着稀少的黑子数,却不明白这和糟糕天气的联

---

[1] 胡志红.西方生态批评史[M].北京:人民出版社,2015:304,305.
[2] Ursula K. Heise. Sense of Place and Sense of Planet：The Environmental Imagination of the Global[M]. Oxford：Oxford University Press,2008:205.

系。面对可怜的收成和高涨的粮价,人们急切想找到答案。没有人敢质疑全知全能的上帝,所以解释最终都落在了人的罪恶上。当然,人们更喜欢怪罪少数群体,以洗清自己的责任。整个十七世纪,女巫们遭到大规模的追捕和审判。基督徒在火刑架前掀起集体狂欢,毫不留情地把替罪羊丢给死神。巫术幻想的原始材料吸引了莎士比亚的兴趣,从而创造了这个时代最耀眼的文学作品和艺术想象。

当前,由人类引起的温室气体所导致的全球变暖和大规模气候变化的前景,已经刺激并鼓励了对气候历史的科学研究,特别是对小冰期的研究。气候学家已经转向数值分析而非文献资料来重建过去的气候。但笔者要做的,并非只是简单重复论证一个气象学家们早已证实的命题。由于早期现代的欧洲历史,脱胎于小冰期这一独特的生态语境,这意味着自然生态、人类历史及文学艺术,这三者之间具备了高度的"互文性"。从小冰期这个生态视角出发,分析莎士比亚戏剧文本,不仅有助于建构完整的早期现代生态文明史,也有助文明精准把握早期现代欧洲的时代脉动。

世界知名考古学家费根指出:"气候与历史的互动并非单一枢纽事件,而是一场复杂的挑战与回应之舞,其中牵涉到变动中的生态系统与科技,以及不断发展的政治、文化与社会系统。尽管有这些变化,长期的模式却是一贯的:整个文明史是持续交换的过程——接受大型气候压力带来的伤害,换取对抗小型气候压力的抵抗力。"

世界莎士比亚研究泰斗斯坦利·威尔斯(Stanley Wells)认为:"在过去的四个世纪中,莎士比亚作为诗人和剧作家的偶像地位足以表明什么是天才,他的文字形成了一种能够表达各种人类情感的语言。……莎士比亚的遗产代表的不只是他自己的一生和时代的故事,它引领着追随他的每一代人的艺术和文化追求。"[1]中国著名的莎士比亚研究专家罗益民教授也曾指出:"无论从哪方面看,莎士比亚现象都是一个难以解开的谜。他的身世有如空穴来风,各项细节难以捕捉。而他的伟大戏剧普遍性过于浓烈,进一步驱散了掩盖莎士比亚'真相'的浓雾。"[2]不过,任何天

---

1 威尔斯.在咖啡馆遇见莎士比亚[M].岳玉庆,译.哈尔滨:黑龙江教育出版社,2013:13.
2 罗益民.莎士比亚十四行诗版本批评史[M].北京:科学出版社,2016:viii.

才的诞生,都无法做到完全脱离他所身处的时代,真正地腾空而出。从生态气候学的角度看,小冰期理论显然是解读莎士比亚悲剧、喜剧、历史剧、传奇剧甚至是十四行诗等各种不同题材作品的一柄利器。这个独特的生态语境,赋予了莎士比亚生活所必须依靠的一切元素和布景,否则,他的作品的气息及呈现方式,将完全可能是另一番不同的模样。

莎士比亚属于所有世纪的前提,是他首先要忠于自己所处的那个独一无二时代。正如颜之推《颜氏家训·音辞篇》所言:"南方水土和柔,其音清举而切诣,失在浮浅,其辞多鄙俗;北方山川深厚,其音沉浊而鈋钝,得其质直,其辞多古语。"[1]现代生态气候学理论告诉我们,"陆地上随着纬度和地形的不同,温度有很大的变化,温度制约着生物的生长发育,各种植物种类和森林类型,都分布在一定的气候区内,而每个地区又都生长繁衍着适应该地区气候特点的生物。"[2]动态的气候、物候以及不同地理位置,激发起文学家相应的生命意识,并进一步衍化为某种审美情怀和表现风格。

文学是人学也是天学即生态气候之学。作为社会上层建筑的文学艺术经典,取得被后世奉为圭臬的崇高地位,必然要体现出较为强烈的社会文化和自然文化感,或者说其地域特色往往要比普通作品更加明显。对于莎士比亚,斯达尔夫人称赞其为"师法自然进行描绘的天才。"[3]她独具慧眼地指出:"莎士比亚作品中所刻画的那种疯狂,是描摹人的精神力量在比它强大的生活风暴中遭到毁灭时的最动人的图景。"[4]所谓"生活风暴",自然也排除不了现实自然界之中的各种风雨。

正如斯洛维克所言:"世界上没有哪一部文学作品,能够彻底打败生态主义批评的阐释。"[5]费根则指出:"人类与自然环境及短期气候变迁的关系一直处在一个复杂的变化过程之中。忽视了这一点,就等于忽略了人类活动的动态背景。"[6]通

1　颜之推.颜氏家训[M].余金华,注.北京:华夏出版社,2002:224.

2　王连喜.生态气象学导论[M].北京:气象出版社,2010:24.

3　斯达尔夫人.论文学[M].徐继曾,译.北京:人民文学出版社,1986:158.

4　Ibid.:168.

5　Glen A. Love. Practical Ecocriticism: Literature, Biology, and the Environment[M]. Charlottesville, VA: University of Virginia Press, 2003:34.

6　Brian Fagan. The Little Ice Age: How Climate Made History, 1300—1850[M]. xv.

过前面章节的论证,笔者认为,莎士比亚戏剧不仅是人情世故的宽广舞台,也是现代生态气候学的鲜活案例。

对于 21 世纪的人类而言,小冰期早已成为模糊不清的记忆,这一时期的气候变化更是鲜为人知,然而它"绝不仅仅是历史事件发生的背景,而是对收获、生存危机、经济、政治和社会变革等复杂平衡产生决定性影响的重要因素。"[1] 通过梳理莎士比亚戏剧作品,可以看出,小冰期对伊丽莎白时期的习俗、文化、婚姻、生产方式及海外殖民等方方面面的确产生了一种类似多米诺骨牌的连锁复杂效应。或许莎士比亚的戏剧包涵着更复杂的主题、更多元的价值观念、更广阔的人生舞台,但天才的诞生最终要扎根社会历史语境,解读天才也要从分析其成长的环境入手。莎士比亚戏剧作品中俯拾皆是的狂风、暴雨、寒冷、饥馑、酗酒、私生子及婚外情描写,绝非仅仅是为吸引观众随意而为的突发奇想,而是深深根植于坚实的现实生态基础。

总之,生态气候学视野下的莎士比亚研究,异彩纷呈,趣味盎然。借助小冰期这把环境密钥,可以帮助我们解开莎士比亚作品的生态符码,领会其伟大的现实主义人文关怀。

---

1   Brian Fagan. The Little Ice Age: How Climate Made History, 1300—1850[M]. 59.

参考文献

1.ABRAMS M H,HARPHAM G G. A glossary of literary terms[M]. 10th ed. Beijing: Peking University Press,2014.

2.ACKROYD P. Shakespeare: the biography[M]. New York: Anchor Books,2006.

3.ALLABY M. A change in the weather[M]. New York: Facts on File,2004.

4.APPLEBY A B . Famine in tudor and stuart England[M]. Stanford: Stanford University Press,1978.

5.ARCHER J E,TURLEY R M,THOMAS H. Food and the literary imagination[M]. New York: Palgrave Macmillan,2014.

6.BATE J. Shakespeare and Ovid[M]. Oxford: Clarendon Press,1993.

7.BATE J. Soul of the age: a biography of the mind of William Shakespeare[M]. New York: Random House,2009.

8.BATE J. The genius of Shakespeare[M]. Oxford: Oxford University Press,2008.

9.BONAN G B. Ecological climatology: concepts and applications[M]. Cambridge: Cambridge University Press,2016.

10.BEHRINGER W. Climatic change and witch-hunting: the impact of the Little Ice Age on mentalities[J]. Climatic change,1999(1): 335-351.

11.BEHRINGER W. A cultural history of climate[M]. Cambridge and Malden: Polity Press,2010.

12.BLOOM A. Shakespeare's politics[M]. New York: Basic Books,1964.

13.BOEHRER B. Environmental degradation in Jacobean drama[M]. Cambridge: Cambridge University Press,2013.

14.MENTZ S. At the bottom of Shakespeare's ocean[M]. London and New York: Continuum International Publishing Group,2009.

15.BONAN G B. Ecological climatology: concepts and applications[M]. Cambridge: Cambridge University Press,2016.

16. BORLIK T A. Ecocriticism and early modern English literature: green pastures[M]. London and New York: Routledge, 2011.

17. BORLIK T A. Ecocriticism and Shakespeare: reading ecophobia[J]. Early Modern literary studies, 2012(1): 86-87.

18. BOSWEIL J. The life of Samuel Johnson, LL. D: including a journal of his tour to the Hebrides[M]. London: Derby and Jackson, 1858.

19. BRAYTON D. Shakespeare's ocean: an ecocritical exploration[M]. Charlottesville and London: University of Virginia Press, 2012.

20. BRUCKNER L, BRAYTON D. Ecocritical Shakespeare[M]. Farnham: Ashgate Publishing Limited, 2011.

21. BUELL L. The future of environmental crisis and literary imagination[M]. Malden, MA: Blackwell Publishing, 2005.

22. BURGESS A. Shakespeare[M]. New York: Alfred A. Knopf, 1970.

23. CLARK S. Thinking with demons: the idea of witchcraft in Early Modern Europe [M]. Oxford: Oxford University Press, 1999.

24. CLOUGH A H, PLUTARCH. Plutarch: the lives of the noble Grecians and Romans [M]. DRYDEN J, Trans.. New York: Modern Library, 1932.

25. COLES K A, SHAHANI G. Introduction [J]. Shakespeare studies, 2014(42): 21.

26. COUPE L. The green studies reader: from Romanticism to Ecocriticism[M]. London: Routledge, 2000.

27. CRESSEY D. Birth, marriage, and death: ritual, religion, and the life-cycle in Tudor and Stuart England[M]. Oxford: Oxford University Press, 1997.

28. CRYSTAL B. Shakespeare on toast: getting a taste for the Bard[M]. London: Icon Books, 2012.

29. Daily Mail Reporter. Was Shakespeare a tax dodger? Bard was "ruthless businessman who exploited famine and faced jail for cheating revenue"[N/OL].MailOnline, 2013-03-31 [2015-09-15]. http://www. dailymail. co. uk/news/article-2301829/Was-Shakespeare-tax-dodger-Bard-ruthless-businessman-exploited-famine-faced-jail-cheat-

ing-revenue.html.

30. DARROW G M. The strawberry: history, breeding and Physiology[M]. New York: Holt, Rinehart and Winston, 1966.

31. DUNCAN-JONES K. Ungentle Shakespeare: scenes from his life[M]. London: Thomson Learning, 2001.

32. EASTERBROOK G. A moment on the Earth: the coming age of environmental optimism[M]. London: Penguin Books, 1996.

33. EGAN G. Green Shakespeare: from ecopolitics to ecocriticism[M]. London and New York: Routledge, 2006.

34. ESTOK S. An introduction to Shakespeare and ecocriticism: the special cluster[J]. Interdisciplinary studies in literature and environment, 2005, 12(2): 109-117.

35. ESTREICHER S K. Wine: from Neolithic times to the 21st century[M]. New York: Algora, 2006.

36. FAGAN B. Floods, famines, and emperors: El Nino and the fate of civilizations[M]. New York: Basic Books, 1999.

37. FAGAN B. The Little Ice Age: how climate made history, 1300—1850[M]. New York: Basic Books, 2000.

38. FELL-SMITH C. John Dee[M]. London: Constable & Company, 1909.

39. FLORES D. Place: thinking about Bioregional history[C]//MCGINNIS M V. Bioregionalism. London: Routledge, 1999.

40. FORKER C R. Fancy's images: contexts, settings, and perspectives in Shakespeare and his contemporaries[M]. Carbondale, IL: Southern Illinois University Press, 1990.

41. FRIEDMAN D M. A mind of its own: a cultural history of the penis[M]. New York: Free Press, 2001.

42. FURNIVALL F J. Phillip Stubbes's anatomy of abuses in England in Shakespeare's youth, A.D. 1583; part II: the display of corruptions requiring reformation[M]. London: Trubner, 1877.

43. GELLERT B J. Three literary treatments of melancholy Marston, Shakespeare and Burton [D]. New York: Columbia University, 1967.

44. GOLDSTONE J A. Revolution and rebellion in the Early Modern world[M]. Berkeley and Los Angeles: University of California Press, 1991.

45. GRAFF-RADFORD J, et al. Dopamine agonists and Othello's Syndrome[J/OL]. Europe PMC, 2010[2017-10-20]. DOI: 10.1016/j.parkreldis.2010.08.007.

46. GRAFF-RADFORD J, et al. Clinical and imaging features of Othello's Syndrome[J/OL]. NCBI, 2011 [2017-10-20]. DOI: 10.1111/j.1468-1331.2011.03412.x. Epub 2011 Apr 25.

47. GREENBLATT S. Will in the world, how Shakespeare became Shakespeare[M]. New York and London: W.W. Norton & Company, 2004.

48. GRIFFITHS P. Youth and authority: formative experiences in England, 1560—1640 [M]. Oxford: Clarendon Press, 1996.

49. GROVE J M. The Little Ice Age[M]. New York: Routledge, 1990.

50. HALIO J L. Understanding the Merchant of Venice: a student casebook to issues, sources, and historical documents[M]. Westport, CT: Greenwood Press, 2000.

51. HEISE U K. Sense of place and sense of planet: the environmental imagination of the global[M]. Oxford: Oxford University Press, 2008.

52. HODGSON J A. Desdemona's handkerchief as an emblem of her reputation[J]. Texas studies in literature and language, 1977(3): 313-322.

53. HUME D. The history of England in three volumes, vol. I, part D: from Elizabeth to James I[M]. Charleston: CreateSpace Independent Publishing Platform, 2017.

54. JONES J. Family life in Shakespeare's England: Stratford-upon-Avon 1570—1630 [M]. Stroud: Sutton Pub, 1996.

55. LAMB H H. Britain's changing climate[M]//JOHNSON C G, SMITH L P. The biological significance of climate changes in Britain. London and New York: Academic Press, 1965:4-5.

56. LAMB H H. Climate, history, and the modern world[M]. 2nd ed. New York: Rout-

ledge,1995.

57. LEA H C. History of the Inquisition of the Middle Ages[M]. Vol. 3. New York: Harper and Brothers,1888.

58. LOVE G A. Practical ecocriticism: literature, Biology, and the environment[M]. Charlottesville,VA: University of Virginia Press,2003.

59. LSD[OL].Wikiquote[2017-02-20]. https://en.wikiquote.org/wiki/LSD.

60. MANDIA S A. The Little Ice Age in Europe[N/OL] .Sunysuffolk[2017-10-20]. http://www2.sunysuffolk.edu/mandias/lia/little_ice_age.html.

61. MACGREGOR N. Shakespeare's restless world[M]. London: Penguin Books,2014.

62. MENTZ S. Shakespeare's beach house,or the green and the blue in Macbeth[J]. Shakespeare studies ,2011 (39): 84-93.

63. NEIBERG L K. Death's release: comedy and the erotics of the grave in the widow's tears[J]. Shakespeare studies ,2013 (41): 477-478.

64. NOSTBAKKEN F. Understanding Macbeth: a student casebook to issues,sources, and historical documents[M]. Westport,CT: Greenwood Press,1997.

65. OSTER E. Witchcraft,weather and economic growth in Renaissance Europe[J]. Journal of economic perspectives,2004,18(1): 215-228.

66. O'SULLIVAN M I. Hamlet and Dr. Timothy Bright[J]. PMLA ,1926,41(3): 667-679.

67. PARKER G. Global crisis: war climate change and catastrophe in the seventeenth century[M]. New Haven,CT: Yale University Press,2013.

68. PAUL H N. The royal play of Macbeth: when,why,and how it was written by Shakespeare[M]. New York: Macmillan,1950.

69. PAVLAC B A. Witch hunts in the western world: persecution and punishment from the Inquisition through the Salem Trials[M]. Westport: Greenwood Press,2009.

70. PURKISS D. The witch in history: Early Modern and twentieth-century representations[M]. New York: Routledge,1996.

71. QUEALY G. Botanical Shakespeare[M]. New York: Harper Design,2017.

72. RAYMOND F. A cherry orchard belonging to a past time[N/OL]. The telegraph, 2012-07-11[2017-10-20]. http://www.telegraph.co.uk/gardening/9393001/A-cherry-orchard-belonging-to-a-past-time.html.

73. REITER P. From Shakespeare to Defoe: malaria in England in the Little Ice Age[J]. Emerging Infectious Diseases, 2000, 6(1): 1-11.

74. RICHARDSJ F. The unending frontier: an environmental history of the Early Modern world[M]. Berkeley: University of California Press, 2003.

75. ROBBINS R H. Encyclopedia of witchcraft and demonology[C]. New York: Crown Publishers, 1959.

76. ROPER L. Witch craze: terror and fantasy in Baroque Germany[M]. New Haven and London: Yale University Press, 2004.

77. ROSS L J. The meaning of strawberries in Shakespeare[J]. Studies in the Renaissance, 1960, 7(7): 225-240.

78. SCOTT C. Shakespeare's nature: from cultivation to culture[M]. Oxford: Oxford University Press, 2014.

79. SHAKESPEARE W, BATE J, ed. William Shakespeare: Complete Works[M]. New York: Modern Library, 2007.

80. SHAKESPEARE W, BROOKS H, ed. A midsummer night's dream[M]. London and New York: Arden Shakespeare, 2nd Series, 1979.

81. SHAKESPEARE W, BROWN J R, ed. The merchant of Venice[M]. London and New York: Arden Shakespeare, 2nd Series, 1955.

82. SHAKESPEARE W, CRAIK T W, ed. King Henry V[M]. London and New York: Arden Shakespeare, 3rd Series, 1995.

83. SHAKESPEARE W, DUSINBERRE J, ed. As you like it[M]. London and New York: Arden Shakespeare, 3rd Series, 2006.

84. SHAKESPEAREW, FLETCHER J, MCMULLAN G, ed. King Henry VIII (All Is True)[M]. London and New York: Arden Shakespeare, 3rd Series, 2000.

85. SHAKESPEARE W, FORKER C R, ed. King Richard II[M]. London and New

York: Arden Shakespeare,3rd Series,2002.

86.SHAKESPEARE W,GREENBLATT S,COHEN W,HOWARD J E,et al.ed. The norton Shakespeare: based on the Oxford edition[M]. New York and London: W.W. Norton & Company,2004.

87.SHAKESPEARE W,HOLLAND P,ed. Coriolanus[M]. London and New York: Arden Shakespeare,3rd Series,2013.

88.SHAKESPEARE W,HONIGMANN E A J,ed. Othello[M]. London and New York: Arden Shakespeare,3rd Series,1997.

89.SHAKESPEARE W,LOTHIAN J M,ed. The taming of the shrew[M]. London and New York: Arden Shakespeare,2nd Series,1975.

90.SHAKESPEARE W, MUIR K, ed. Macbeth[M]. London and New York: Arden Shakespeare,2nd Series,1951.

91.SHAPIROJ. The year of Lear: Shakespeare in 1606[M]. New York: Simon and Schuster,2015.

92.SINGMAN J L. Daily life in Elizabethan England[M]. Westport,CT: Greenwood Press,1995.

93.SLATEG. The English peasantry and the enclosure of common fields[M]. New York: Augustus M. Kelley Publishers,1968.

94.SLOVIC S. Going away to think: engagement,retreat,and ecocritical responsibility [M]. Reno and Las Vegas: University of Nevada Press,2008.

95.SOKOL B J.,SOKOL M. Shakespeare,law and marriage[M]. New York: Cambridge University Press,2003.

96.SOMMERVILLE J P.,ed. King James VI and I: political writings[C]. London: Cambridge University Press,1994.

97.STAMP L D,STANLEY H B. The British Isles: a geographic and economic survey [M].4 th ed. London: Longmans,1961.

98.STANHILLG. Shakespeare's Tempest,witchcraft and the Little Ice Age[J]. Weather,2016(71): 100-102.

99. STONE L. The family, sex and marriage in England: 1500-1800 [M]. New York: Harper and Row, 1977.

100. TATE W E. The enclosure movement [M]. New York: Walker and Company, 1967.

101. THEIS J S. Writing the forest in Early Modern England: a sylvan pastoral nation [M]. Pittsburgh, PA: Duquesne University Press, 2009.

102. TIGNER A L. Literature and the Renaissance garden from Elizabeth I to Charles II: England's paradise [M]. Farnham: Ashgate Publishing Limited, 2012.

103. TRIBBLE E, SUTTON J. Cognitive Ecology as a framework for Shakespearean studies [J]. Shakespeare studies, 2011 (39): 94-103.

104. TWAIN M. Life on the Mississippi [M]. New York: P.F. Collier and Son Corporation, 1917.

105. UNWIN T. Wine and the vine: an historical geography of viticulture and the wine trade [M]. London: Routledge, 1996.

106. WILLS G. Witches and Jesuits: Shakespeare's Macbeth [M]. New York: New York Public Library and Oxford University Press, 1995.

107. WILSON R. Observations on English bodies: licensing maternity in Shakespeare's late plays [M] // Burt R, ARCHER J M, ed.. Enclosure acts: sexuality, property, and culture in Early Modern England. Ithaca, NY: Cornell University Press, 1994: 121-145.

108. 奥维德. 爱经 [M]. 戴望舒, 译. 北京: 光明日报出版社, 2002.

109. 柏拉图. 会饮篇 [M]. 王太庆, 译. 北京: 商务印书馆, 2013.

110. 贝文顿. 莎士比亚: 人生经历的七个阶段 [M]. 谢群, 姬蕾, 余艳, 译. 上海: 上海外语教育出版社, 2013.

111. 比斯利. 莎士比亚的花园 [M]. 张娟, 译. 北京: 商务印书馆, 2017.

112. 伯顿. 忧郁的解剖 [M]. 冯环, 译. 北京: 金城出版社, 2012.

113. 费根. 漫长的夏天: 气候如何改变人类文明 [M]. 黄煜文, 译. 台北: 麦田. 城邦, 2006.

114. 盖基. 莎士比亚的鸟 [M]. 李素杰, 译. 北京: 商务印书馆, 2017.

115.胡家峦.历史的星空:文艺复兴时期英国诗歌与西方传统宇宙论[M].北京:北京大学出版社,2001.

116.胡家峦.文艺复兴时期英国诗歌与园林传统[M].北京:北京大学出版社,2008.

117.胡志红.西方生态批评史[M].北京:人民出版社,2015.

118.井村君江.妖精的历史:神秘精灵的千年传说[M].王立言,译.台北:大雁出版,2007.

119.刘炳善.英汉双解莎士比亚大词典[M].郑州:河南人民出版社,2002.

120.刘小枫,陈少明.苏格拉底问题[M].北京:华夏出版社,2005.

121.刘勰.文心雕龙注[M].范文澜,注.北京:人民文学出版社,1958.

122.兰宇冬.物色观形成之历史过程及其文学实践[D].上海:复旦大学,2006.

123.罗益民.莎士比亚十四行诗版本批评史[M].北京:科学出版社,2016.

124.罗益民.天鹅最美一支歌:莎士比亚其人其剧其诗[M].北京:科学出版社,2016.

125.牛建强.明万历二十年代初河南的自然灾伤与政府救济[J].史学月刊,2006(1):84-97.

126.默顿.十七世纪英格兰的科学、技术与社会[M].范岱年,吴忠,译.北京:商务印书馆,2012.

127.彭纳.人类的足迹:一部地球环境的历史[M].张新,译.北京:电子工业出版社,2013.

128.莎士比亚.莎士比亚全集(八卷本)[M].方平,译.上海:上海译文出版社,2014.

129.莎士比亚.莎士比亚全集[M].梁实秋,译.北京:中国广播电视出版社,2001.

130.莎士比亚.莎士比亚全集(八卷本)[M].朱生豪,译.北京:人民文学出版社,2010.

131.莎士比亚.莎士比亚全集(第六卷)[M].朱生豪,译.裘克安,校.南京:译林出版社,1998.

132.石强.英国圈地研究:15—19世纪[M].北京:中国社会科学出版社,2016.

133.斯达尔夫人.论文学[M].徐继曾,译.北京:人民文学出版社,1986.

134.苏福忠.瞄准莎士比亚[M].北京:人民文学出版社,2017.

135.泰纳.艺术哲学[M].傅雷,译.北京:人民文学出版社,1963.

136.王梨村.中国古今物候学[M].成都:四川大学出版社,1990.

137.王连喜.生态气象学导论[M].北京:气象出版社,2010.

138.王运熙.钟嵘诗论与刘勰诗论的比较[J].文学评论,1988(4):115-120.

139.威尔斯.在咖啡馆遇见莎士比亚[M].岳玉庆,译.哈尔滨:黑龙江教育出版社, 2013.

140.向荣.啤酒馆问题与近代早期英国文化和价值观念的冲突[J].世界历史,2005 (5):23-32.

141.颜之推.颜氏家训[M].余金华,注.北京:华夏出版社,2002.

142.杨冬.西方文学批评史[M].长春:吉林教育出版社,1998.

143.杨靖.莎士比亚与科学[OL].中国作家网,2016-05-20[2017-10-20].

144.曾大兴.气候、物候与文学:以文学家生命意识为路径[M].北京:商务印书馆, 2016.

145.曾大兴.中外学者谈气候与文学之关系[J].广州大学学报(社会科学版),2010 (12):76-81.

146.钟嵘.诗品译注[M].周振甫,译注.北京:中华书局,1998.

147.祖克曼.马铃薯:改变世界的平民美馔[M].李以卿,译.北京:中国友谊出版公 司,2006.

148.竺可桢,宛敏渭.物候学[M].北京:科学普及出版社,1963.